KB270279

밤의 신들에게

밤의 신들에게

안창수 시집

인쇄일 | 2025년 11월 16일
발행일 | 2025년 11월 21일

지은이 | 안창수
펴낸이 | 김영빈
펴낸곳 | 도서출판 시아북(詩芽Book)

출판등록 | 2018년 3월 30일
주소 | 대전광역시 동구 선화로214번길 21(3F)
전화 | (042) 254-9966
팩스 | (042) 221-3545
E-mail | siab9966@daum.net

값 12,000원

ISBN 979-11-94392-59-0(03810)

밤의 신들에게

안창수 시집

■ 시인의 말

스스로 시인이란 말을 쓰기에도 민망하다.
입으로 표현하지 못한 구시렁, 투덜이를 끄적거리다 보니
버릇이 들어 시시함을 벗지 못하나마
어쩌다 그게 시의 글꼴을 닮아서
시인으로 여겨주는 것 같다.
이번에 시인 김가연 선생께서 눈여겨보시고 졸작들을 모아
한 권의 시집으로 엮어주시니
민망스러운 가운데도 더할 나위 없는 영광이며
마음속 깊이 감사를 드린다.
독자분들께서 머리를 끄덕여주실 부분이 있으시다면
천만다행이겠다.

2025년 11월

안창수

2부

오월에게 묻는다

3부

버려진다는 것

4부

바람피리

밤의 신들에게

안창수 시집

1부
밤의 신들에게

밤의 신들에게

밤마다 어깃장을 놓는 히프노스
나이도 묻지 않고 사랑놀이 하자는가
꼭 간절한 만큼씩만 달아나는 심술꾸러기
꿈길에서 서로 만나자는 사랑의 시마저
곱이곱이 얼마나 되뇌었는지 모른다

토막잠조차 훼방 놓는 모르페우스
줄 게 없거든 차라리 끼어들지나 말지
내가 사랑했던 인연만도 쌔고 쌨건만
갖다 붙여도 하필이면 개꿈뿐인 시샘 꾼
하다못해 꿀잠 끝 기지개 꿈이라도 좋다

서산 개심사

산문山門에 들면 이미 법계다
가야산으로도 못 미더워 그 곁이름 상왕산
운해 속 어디쯤 녹야원의 설법도 들릴 것 같다

소박한 꾸밈은 허화虛華를 뿌리친 때문이다

인왕과 사천왕은 작은 전각조차 사양했고
가부좌한 안양루는 선정삼매禪定三昧에 들었으니
나지막한 해탈문은 견성한 자의 하심下心이다

'개심사 시왕전을 못 봤거든 절을 말하지 마라'
영가의 업장을 심판하는 이곳 명부전의 전설이다

나는 누구인가, 시왕과 업경대 앞에 서기도 전에
입구 양켠에 벌려선 금강역사의 위세에 졸아든다

골안개 걷히고 씻은 햇살이 솔향 피워 공양하면
똑똑 또르르 까막딱따구리가 아침 예불을 드리고

든벌 아낙처럼 수수한 매무시의 오층석탑에서는
나그네 솔새가 목청을 다듬어 합장 발원을 한다

없는 듯 있고 빈 듯 충만한 선가禪家의 요람이요
멧새들도 염불하는 천년의 원각도량圓覺道場이다

늙기 과외

아직 버리지 못한 게 많아
오십 킬로그램 남짓의 여윈 몸에는
삶 자체가 버겁고 힘에 부칩니다

시력도 총기도 흩어버린 허깨비로
의약에 목매는 삶이 아니꼬우면서도
질긴 집착 때문에 붙잡고 있습니다

가야산을 갓 넘은 해가 유난히 맑은 아침
겨드랑을 비집고 숨어들었던 바람이
써늘한 체온만 남긴 채 쫓기듯 달아납니다

개울물은 이마받이 징검돌에
아기단풍 한 잎 정표로 맡겨두고
길을 나눠야 하는 인연을 졸졸 읽습니다

품 넓은 바지 헐렁하게 꿰입고
싫은 건 싫다고 말하고 싶은데
체면의 족쇄는 마냥 참아내라 합니다

오늘은
숱 얇은 시집 하나 말아 들고
양지바른 툇마루에 걸터앉아
낙엽의 서정시나 들으렵니다

꼬꼬가 삐약에게

산란율은 떨어지고 깃털도 푸석해졌구나
다급한 운명을 예감하며 이 글을 쓴다
어미가 누군지 불러도 못 본 자손들아
달걀일 때 둥지에서 삼칠일을 품어주지도
껍질 깰 때 마주 쪼아주지도 못했으며
노랑부리 시절엔 품어주지도 못했구나

돈이라면 어미 새끼의 정마저 끊는
이 비정한 세상만 저주스러워했다
천적인 솔개, 밤 여우와 살쾡이 말고는
주인집 제삿날 밤만이 두려웠는데
너희 운명은 꽁지깃도 돋기 전에
복달임 내기로 뚝배기 신세라니!

훨훨 하늘을 나는 산새 어미가 부러웠단다
짐작대로 철창 트럭이 들이닥쳤다
할 말은 너무나 많지만 이만 줄여야겠다
배터리 케이지 04호에서 늙은 어미가

그래도에 거는 꿈

텐산산맥 넘던 혜초의 길 아니라도
앞길 가늠할 수 없이 길어서 길인 게다

미리내 쪼개는 기러기 길 4만 킬로라지만
굽이굽이 아흔 넘어 고갯길 모두 이으면
줄잡아 그만 여정은 넉넉하리라

엊그제 담장 밖 감꽃이 지는가 싶더니
어느새 겨울 철새가 새벽달을 깨운다
은하계에 깜박이는 저 숱한 좀생이들
그중에 이름 없는 별 하나쯤
내 것이라 한들 누가 시비를 걸랴

젊은 날은 격랑에 닻을 잃은 삶이었다
원망도 설움도 추억의 무덤에 묻어두고
어딘가 남아있을 '그래도'에 표착하여
고달팠던 길손의 늘그막 점을 찍고 싶다

그리고, 그리다

손으로 그리면 그림이 되고
가슴으로 그리면 그리움이 되었다

물감도 붓도 없이 가슴으로 그린 사생화
세월의 여울에 떠밀리다 징검돌에 걸린 집착
덧칠할 것 없는 찐한 한점 연민의 사생화

소쩍새 우는 밤 고향 집 마당의 반딧불이
밀대 방석에 흐드러진 할머니의 옛이야기
꾸지나무 아래 소꿉 놀던 볼 발그레한 간난이
눈은 그림을 보고 가슴은 그리움을 더듬는다

시어詩語 낚시

계절을 반죽하느라 추적대던 비가 개고
찌든 여름을 마전하는 색바람이 살갑다

더위를 쓸던 싸리비 자국 같은 구름이
파아란 가을의 간이 정거장을 서성인다

시궁詩窮은 밤낮없이 찌는 무더위 탓이라고
늘어진 게으름에 면죄부를 주기로 한다

어쩌다 시어 하나 낚아보려고 가을을 꿰어
분홍 물든 구름자락에 낚시를 던져본다

걸려든 것은 낚싯줄에 찢긴 바람 소리뿐
바라는 시어 한 조각 걸려들 기미가 없다

낚시꾼의 덕목은 긍정과 끈기뿐이라기에
월척 화두 하나 꿰어 낚시를 고쳐 던진다

강다리기 끝

아삭 마른 봄, 붉은 살 뻗힌 해넘이 벌
세월과 추억의 강다리기에 두 팔을 잡힌 채
할딱이는 놀을 등에 진 동옷바람의 한 사내

추억의 그늘에 덕지덕지 낀 후회를
연민으로 되새김질하며 거기 서있다

그냥 그리워하자, 지나간 날들은
추억을 갉아먹는 빈대좀 같은 후회로 두고

맞다이던 줄은 끊기고 추억은 산산이 부서져
기억의 사금파리가 되고
마침내 세월의 탑세기로 흩어질 올제

고향은 엄마다

아흔을 기웃거리는 나이만큼
쓸어간 가슴 헛헛해 찾은 고향집엔
아직도 훈감한 이야기가 지천이다

팔봉산 연봉의 갈피에 들어서면
한 거듬 따스한 바람이 마중하고
부드러운 햇살이 굽은 등을 도닥인다

동뫼를 넘어서면 고향집 마당에
해탈한 반시나무가 가슴 열어 반기고
달큼한 엄마 품 냄새가 코를 간질인다

세월에 늙고 녹슬 줄 모르는 전설의 땅
풋 꿈이 사래사래 서려 있는 살뜰한 곳
고향은 말이 소용없는 엄마의 품이다

꿈

누군가 젊은 날의 꿈을 청운에 견주었다
나이 따라 꿈 깔이 변하는 건 아닐 테지만
늘 나른하고 정년이 없는 아지랑이 빛이었다

알량한 지식과 현실의식이 개입하지 않은
안다미 꿈은 어둠의 축제, 혼신魂神간의 밀회요
저장과 재생이 불능한 판굿으로 시공이 한정되고
바코드가 없어 거래 불가능의 유일한 명품이다

실체 없는 허상으로 회고록에 적어넣을 수 없고
유산목록에도 넣을 수 없는 비전祕典속 천일야화다

강정처럼 바삭하고 얼개가 여릴수록 곰상스럽고
소금쟁이가 물길을 지치듯 자국을 남기지 않는다

제 가슴에 불 지르고 사랑을 도둑질해도
눈 뜨는 순간 깜짝 사면되는 원죄 같은 것

천하 공평하여 부귀 빈천을 가리지 않지만
밤마다 같은 이불 같은 체온의 분신이기에

영혼과 육신이 서로 길을 가르는 그 날까지
비밀 아닌 비밀 속을 자맥질하며 살아간다

신이 내린 이름 어머니

가족관계등록부에 적힌 석 자 이름보다
보통명사인 아내와 어머니에 익숙하고
사회적 신분은 주인의 대칭인 주부란다

나이 발치를 발맘발맘 따라붙던 지각知覺이
시나브로 도닥여 깨워낸 게 모성이라면
모권은 가문의 먼 어머니로부터 차례로
관리 전환된 보호 본능의 특권이다

화롯불처럼 손을 모으는 가족의 중심으로
때로 펜듈럼이 되어 원심력 밖의 일탈과
감속 건반이 되어 위험한 질주를 막아주고
평형수가 되어 세파의 멀미도 진정시킨다

성의 정체성을 완성한 신의 분신인 어머니
곤때 묻은 무명치마가 이슬 젖은 박꽃 같지만
그 폭이 넓은 것은 사랑에 끝이 없기 때문이다

못 부친 편지

당신이 길쓸별 빗겨지듯 떠나던 날은
세상이 온통 새까맣고 멍멍했습니다

꿈 아닌 진정 현실임을 깨닫고서야
찬바람이 무너진 가슴을 후볐습니다.

맡기고 간 눈자라기는 잘 키워서 짝지어
지난 순망간에 둥지를 떠나보냈습니다

나 혼자 며늘아기 폐백 상 받던 날
당신의 빈자리에선 회오리만 울었지만

고달팠던 고비마다 주절이 맺힌 멍울이
눈물샘을 메워서 나는 울지도 못했습니다

개별주소도 우편번호도 검색할 수 없는 곳
언제일지 모를 날 기약하며 푸념으로 띄웁니다

정자에 심은 삼생 인연

가사문학의 본향 담양 땅에는
이름만 줍기에도 숨이 찰 만큼 많은 정자 중에
별뫼星山 기슭의 식영정息影亭과 서하당棲霞堂은 세월 빛이
더하고
사선四仙의 식영정이십영二十詠은 여전히 청음으로 서려있네

그림자가 쉬고 노을이 깃든 집이 이마를 맞비비는
삶의 앙금이나 어둠도 붙좇을 수 없는 지상의 선계
소탈하면서도 자연과 오달지게 어우러진 정자엔
육자배기 남도 가락에 성산별곡이 간드러지고
남은 풍광은 면앙정俛仰亭의 시구대로 차경借景에 맡겼네

임억령林億齡과 김성원金成遠은 사제지간으로 만났다가
전생의 인연이 남아 장인과 사위로 다시 만나고
그래도 차마 다할 수 없어 내세까지 같이 하려고
여기 별뫼에 나란히 두 정자를 모아 소요하면서
숲에 이는 바람과 정자에 빗긴 달을 함께 노래했네

아내

낡아 허름한 데다 뒤웅박만 해도
그나마 기둥이 들보를 받쳤으니
애오라지 뼈대는 있는 집인 게다

사철 바람이 허물없이 드나들고
시월이 문갑에서 밤을 울어대니
그만하면 자연 친화적 얼개인 게다

비록 묵은 창호엔 은하를 나래질한
기러기의 지친 눈물로 얼룩졌대도
이내의 숨결, 손길로 가득한 둥지다

아들 딸이 짝지어 떠난 휑덩그런 둥지
아내는 나간 자식들의 영원한 고향이며
내겐 늘 안정을 주는 정서적 집인 것이다

가을엔

해거름 쌈지공원의 쓰르라미는
늦더위를 잘근잘근 토막 내고
눈요깃거리 뿐인 낡은 책장에선
밤 귀뚜리가 좔좔 가을을 읽는다

하늘에 도전하는 해바라기는
당당하지만 철없이 되바라지고
제철 코스모스가 가녀린 손끝으로
조개구름에 쪽빛 서정을 적고 있다

꽃이 쉬이 지듯 가을은 너무 짧다
그래서 지샌달은 이 아침에도
싸라기별이 지고 난 하늘에 남아
하얀 박꽃 위에 이슬을 심고 있다

금동관음보살좌상의 증언

살포시 내려 뜬 자비관음보살의 눈엔
나라 밖 도둑이나 나라 안 도둑이나
모두 품어 제도해야 할 중생일 뿐이다

서산 부석사는 국가를 상대로 한
이 금동관음보살좌상의 인도 소송에서
솔로몬의 최종 판결을 기대했다

왜구가 훔쳐 내갔던 고려 불상을
나라 안 도둑이 되 훔쳐 들여온 데다
관음상은 뱃속까지 열어 보였건만
복장결연문의 진정성마저 입증하라니
부처님 복장 터질 노릇이기도 하다

"남섬부주南贍部洲 고려국 서주 부석사高麗國瑞州浮石寺에
관세음보살상을 주조觀音鑄成하여 불당에 모시堂主는 글結緣文"
이만하면 내 있을 곳을 다 밝혔건만
이 밖에 무엇을 더 내놓으란 말인가

봄을 앓다 春瘦

- 세월호의 304혼령을 조상하다

떡갈잎이 피면 장끼가 부활의 계절을 울고
메추리는 바람이 빗질하는 귀리 밭에 알을 낳았다

누군가는 바람에 흩날리는 꽃잎이 애처로워
몸 상할 줄 알면서도 술잔을 든다고 읊었지

봄은 그렇게 여리고 곱상하게 타야 하는 것을
엘리엇의 4월은 말본새만큼이나 잔인했다

서너 파수나 지레 온 봄은 하얀 슬픔에 갇히고
극도의 분노와 절규는 버려진 세월을 짓달리는데
카인의 후예들은 맹골수도의 와류만을 삿대질했다

이 땅의 무기력한 어른인 게 부끄러운 나날들
멎지 않는 통곡의 환청을 끌어안고
되돌아 고쳐 낼 수 없는 그 봄을 앓고 있는 것이다

아직 열일곱

땅 별은
수십억 풍상을 겪어냈건만
아직도 마음은
열일곱 새색시인 채다

햇살을 품어
곱게 봄 정원을 잉태하거나
가을 동산을 붉게 가꿔 놓고도
날마다 뜨는 해를
민낯으로 맞는 게 저리도 민망해서
안개 너울 쓰고 바잣문을 젖힌다

노을에 빗긴 그림자의 집

가사문학과 정자문화의 본향이라면
담양을 빼고는 말할 수 없을 것 같다
면앙정, 송강정, 식영정, 서하당, 취가정, 환벽당, 소쇄원 등
이름만 주워섬기기에도 단숨엔 버겁다

그 중에도 유독 오금을 못 쓰게 한 것은
별뫼星山 기슭의 식영정息影亭과 서하당棲霞堂이다
그림자가 쉬는 정자와 노을이 사는 집이라니
신선이 살지 않았다면 필경 헛된 이름인 게다

임억령林億齡과 김성원金成遠은 삼생의 연분으로
사제로는 모자라서 옹서로 다시 만난 인연
사위는 노을이 되고 장인은 그림자가 되어
숲에 이는 바람과 정자에 빗긴 달을 노래했다

정자에도 조선의 선비정신이 배어 있다
간결하면서도 오달지도록 자연 친화적인 정자들
청산은 들일 데 없으니 둘러두고 보리라 던
면앙정俛仰亭의 시구처럼 차경借景으로 족했다

삶의 찌꺼기나 어둠조차 붙좇을 수 없는
식영과 서하의 이상세계에 노닐기를 원했던
두 선비는 저승에서 세 번째 인연을 얻어
천상재회를 하고 시재詩才를 번득일지 궁금하다

밤의 신들에게

안창수 시집

2부
오월에게 묻는다

오월에게 묻는다

연두색으로 피었다가
갈맷빛으로 스러지는 봄의 끝자락
사무치게 애절한 찔레꽃 사연에
보리 익는 냄새마저 설움을 덧냈다

그토록 찬란하던 오월들을
저마다 사부랑삽작 넘기야 했을까만
누군가는 '아프니까 청춘'이라고 달랬지

새삼 내외하는 사이는 아니라도
한발 비켜서서 봄살이를 돌아보니
날숨에서 배어난 소금기로 희끗하다

초록은 한 번도
내 나이를 묻지 않았건만
궂은 날 바투 우는 무릎을 안고
이우는 오월에게 묻는다
아흔의 아픔을 네가 아느냐고

영원한 비밀

며느리만 모른다면
비밀이랄 것도 없지만
시어미조차 모르니 비밀인 게다

먹물깨나 들었다는 시아버지마저
닭의 알이라서 달걀이라 했다면
닭이 먼저 일성부르기도 하지만
삼국사기에도 온통 난생설화뿐이니
섣부르게 단정할 일은 아니란다

보다 못한 아들의 젊음이
정보의 바다에 뛰어들어
다윈의 홈페이지를 샅샅이 누볐지만
그 해답은 유언에도 없단다

닭은 되묻는다
수컷은 관을 쓴 벼슬아치라서 닭이고
암컷의 외명부 직첩은 닭이었는데
양성평등 사조로 닭으로 통일은 됐다지만

수탉은 전자시계 때문에 도태되었고
암탉은 알 공장의 노예로 전락하였으며
병아리의 사춘기는 삼계탕 철이라서
여름 삼복 나기 어려운 게 숙명인데
까짓 것 따져 무엇에 쓰겠느냐다

선택과 여유

가슴이 떨릴 때는 여행을 떠나고
다리가 떨리거든 주변을 정리할 일
그걸 알았을 적엔 이미 어둑발이니
살차게 지나간 세월이나 탓할 일이지

삶이 마냥 살아가는 것이라면
간다는 것은 삶의 진행형일까
또박 그렇지만은 않더라도
당초엔 말밑이 같았는지도 모르지

매 순간마다 삶은 선택을 요구하지
삶이 숨차도록 가팔라도
가는 길을 죄는 것은
곧 나머지 삶 자락을 접는 것

단풍철 얼결에 선바람으로
늘쩡늘쩡 아라메길 누비다가
강댕이골* 물소리에 실려오는
단풍 냄새 주무르는 맛이라니

셈펑 재며 팔도 사투리 범벅 속에

고속열차 타고 등호等號나 훑는 이는

죽었다 깨어나도 이 참맛은 모르리

* 서산시 운산면 용현리 옛 보원사의 다른 이름 강당사에서 유래함.

함박꽃

얼음이불 속에 발을 녹이던 강아지버들
바람 멀미에 노르그름한 풋 봄을 게워냈다

봄은 여섯 달 아기 젖니 돋는 성장통
잇몸 간지러워 몸짓말로 넌지시 물었다

봄을 들어올리다 잇몸 뚫은 하얀 새싹
감전처럼 짜릿한 엄마의 대답은 아야야!

일그러진 엄마 표정에 철없이 함빡 핀 아기꽃
하릴없는 봄이 미안풀이 삼아 피워낸 꽃이다

개망초

억하심정이 아니라면 저 곰상스런 들꽃에게
망초라도 민망한데 그 접두사는 개라니

그는 다투지 않고 이기는 방법을 찾았다
그러기에 화해라는 예쁜 꽃말을 얻었을 게다

된비알 묵정밭도 마다하지 않은 속정은
지친 여름을 낮별로 아기자기하게 수놓는다

어느 날 시인과 눈 맞춘 그 풀꽃은
계란꽃, 아니 달걀꽃
아무리 뒤져도 미운 구석을 찾을 수 없다

그리고 별

- 누님과의 영별永別

안팎 80리 통학길 샛별 밥을 짓고 당목 혼수치마 싹둑 잘라 손바느질로 교복을 지어준 여인이 있었습니다 그 숱한 빚 두고두고 갚으렸건만 기회를 주는 것도 사랑인 줄 모르도록 서툰 그 여인은 겨우 세 살 맏이의 누님이었습니다 티끌에 구르던 일상의 언어가 무슨 의미라고, 표정이 대답하지 않으면 그까짓 게 대수라고! 아무리 발이 무겁고 숨 막힐 것 같아도 꼭 한 번은 더 찾았어야 할 마지막 병상, 수없이 말하려다 삼키고 꺼내다가 다시 묻어두었던 대답도 숙제로 남긴 채 어느 날 밤 외로운 별이 되었습니다 천국에도 생일은 있는가 그 별은 해마다 유두날에 유난히 반짝입니다 눈물에 적실수록 선연해지는 빛, 닿을 수 없는 그리움과 회한은 원망과 자책에 가위눌리는 평생의 빚으로 남았습니다 그적 천장에 붙박은 눈동자가 하고많은 이야기를 했지만 오감을 총동원하고도 분리할 수 없는 음역이기에 알아듣지 못했을 뿐일테지요 마지막으로 내게도 여백에 매달린 얘기 한 자락 여기 섞겠습니다 삼 남매 중 막내로 태어나 말문이 튼 뒤로 남들처럼 정감 있고 응석스런 형아야 누나야의 부름말을 못 해본 목마름이 앙금으로 남았기에 이 벼르던 투정도 함께 소지燒紙하여 그리움 소근대는 누나별에 띄웁니다

그 사랑 그려봅니다

거울을 안 보는 여전 멋대가리 없는 버릇
대범하다기보다 여북 게으른 탓이겠지만
그래도 난벌 냄새에 코를 벌름거리는 건
나름 깜냥의 자기사랑이 남은 때문이지요
고무풍선, 곰 인형도 가난하던 그 시절
간지럽다 요 녀석이 징그럽다 이 녀석이 되도록
오직 할머니의 마른 가슴이 놀이의 전부였지요
엄마의 향기가 속속들이 배어들기 전에
뒤바뀐 체취가 비록 위약효과偽藥效果일지라도
대를 넘긴 내리사랑 향기가 하도 진해서
조무락거리는 손끝엔 전율이 흘렀지요

작은 벌레가 잎새 뒤에 숨어
떨어지는 빗소리 발끝으로 듣듯이
주름진 시간에 겹겹이 멍울진 추억 그려봅니다

이렇게 산다우 1
- 연민과 절박 사이

만났다 헤어진 애틋한 인연은 얼마이고
썼다가 지워버린 소중한 이름은 몇몇에
못 지키고 못 베푼 사랑은 몇 거듭이며
기회마다 어깃장은 진정 신의 뜻이었나

이내에 단풍의 잎맥처럼 드러나는 계절
서툰 시를 읽어 늘그막을 달래겠다는데
제발 덕분에 보름보기 눈이나 아끼라는
건넌방 평생지기의 귀에 절은 일장 사설辭說

병원 바라지 십 년에 귀동냥한 풍월인 줄
번연히 알지만 어쭙잖게 앞서는 고까움이
고스러져가는 사내 깜냥에 곁불로 번져도
밴댕이 소갈머리 들킬까 걸린 너겁을 삼킨다

도전도, 포기도 어지빠른게 분명한데다가
그만 일에 주눅이야 들까마는 목젖에 걸린 말은
지켜보는 연민을 닥뜨린 절박에야 어찌 가잘비겠오

이렇게 산다우 2
- 이심전심

그걸 아흔에 턱을 걸고서야 처음 알았다오

일식집에 동행하면 당신은 언제나 알밥만 들었고
그래서 생선초밥을 싫어하는 줄 만 알았더라오

엊저녁 회식에서 돌아올 때 자리 주인이
따로 챙긴 초밥 가방을 손에 쥐여주면서
슬며시 정감 은근한 당부까지 곁들였지요

고마우면서도 받아 든 손은 쑥스러웠고
어쩐지 나답잖다는 생각도 없잖았지만
한편 받을 당신의 첫 반응을 긁적거렸더라오

그런데 가방과 함께 건네 받았던 당부의 말이
당신의 입에서 맞춤인 듯 재생될 줄이야!
알밥이 좋다던 건 나를 배려한 하얀거짓말었던가요

찡한 건 매장재埋藏材였던 배려의 언어를 캐내며
늦게 철드느라 코끝에 일은 잠깐의 경련일 뿐
결코 체면 상할 일도, 실없는 헛발질은 아니었다오

이렇게 산다우 3
- 덧셈

하루돌이로 소식을 주던 몇 안 되는 그 친구가
며칠 뜸하다 싶더니 요양원에 갔다는 소문이고
그렇게 자상하던 사람이 전화를 씹는가 했더니
며칠 새 삼도천三途川을 건넜다고 한다

어릴 적 셈본에서는 더하기 빼기로 배웠지만
나이 가늠의 셈법으로는 마땅치 않은 것 같다

출생으로부터 성장기까지의 세월이 덧셈이라면
그 나머지의 삶은 핑계 것 덜고 이우는 삶이다

바로 서기를 흩트리고 총기를 지워 뭉개며
그 깔을 구겨 길이를 당기는 건 분명 덜셈이다

인연이 성글어가고 추억이 가물해질 때마다
틈새를 파고드는 고독의 현기증과
가슴 휑하고 시린 것은 마음의 오한 때문이다

구월 도지

태풍은 가을을 여물리는 성장통인가
사랑에 실패한 원혼의 몽니인가
발길 닥치는 대로 훑어 뭉개고 지나갔다

무더위를 쓸고 매미 소리 걷힌 빈터엔
땅거미를 털고 일어난 어둠의 정령들이
활대를 들어 초승달의 빈가슴을 후비고
달이 뿌린 눈물은 풀잎에 구슬로 맺혔다

가을의 앞자락 맑은 바람이
옹글고 풍성한 가을을 나비질하고
쪽물 든 하늘에 마전한 구름은
한 거듬 가을 시를 안고
서리배 편에 돌아올 기러기를 기다린다

카자흐스탄을 울린 망향가

백 년 전 괴나리봇짐 지고 고국 땅을 떠나
두만강 건너 만주 벌 황무지에 내부려졌던
그적 고려인의 3세들이 망향가를 부른다

대한독립군총사령관 홍범도 장군의 유해가
고국송환 고유제를 앞둔 카자흐스탄의 아침
"꿈에 보던 고향산천 간곳 없고 나"
고향 고프지 않은이들은 예전에 잊은 한중가*

저들의 아버지의 아버지, 어머니의 어머니가
연해주에서 북만주에서 망향의 한을 달래느라
눈물로 불렀던 노래가 이 아침 이별곡이 되었다

독립 전선의 동지였던 아내와 두 아들들을
먼저 조국의 제단에 바친 봉호동의 영웅이
고국강산을 못 잊어 동쪽에 머리 두고 잠들었다

그는 죽어서도
이곳 고려인들의 조국이며 신앙이었기에

가슴 가슴마다 새긴 임을 떠나보내는 마음들이
그래도 보내야 한다고 서리서리 읊조리는 가락

그 애조 띤 한중가閑中歌가
망향가가 되고 애국가가 되는 순간이었다

* 원곡 한중가(동산에 달이 솟아 창에 비치니 어언간에 깊이 든 잠 놀라
  깨었네. 사면으로 자세히 두루 살피니 꿈에 보던 고향산천 간 곳 없구
  나)는 국내에서 사라졌고, 1984년 LP에 수록된 이연실. 서유석의 곡
  (동산에 달이 밝아 창에 비치니 어언간 깊이 든 잠 놀라 깨었소. 사방
  을 두루두루 두루 살피니 꿈에 보던 고향산천 간 곳이 없소)은 편곡과
  개사로 원곡과는 유사하지만 다른 곡임.

신판 회심곡

아흔 내리 두 살 터울들
이들의 만남 자체가 행선行禪이다

젓가락 고르는 소리만
회색빛 침묵을 휘젓는다

자네와 여보의 본디 말 밑은
높낮이 없는 한 갖춤 말이다

아흔 혼자
받는 밥상이고
거기 두 살 덜이는
홀몸 된 지 여남은 해
네 살 덜이는
부엌살이 삼 년째다

그 빈자리를 우는 두 살 덜이에게
덧 냇은 고된 아내 바라지가
케케묵어 되알진 빚 갚기란다

빚 갚음이란 죽비를 맞은 일흔

염향법어拈香法語 만큼이나 숙연하다

가슴으로 운다

늦더위에 졸고 있는 나른한 햇살이
창문에 기대어 실눈을 비비고 있다

연분을 찾아 맴맴 돌다 지친 참매미는
왕거미 담쟁이도 아직 올라본 적 없는
고층 아파트 방충망을 붙안고 가슴을 친다

이제는 미련과 한을 덮고 떠나야 할 시간
행여나 사랑하는 임을 부르는 절규였는가
까치 부리의 절박했던 비명도 거기 겹친다

어쩌면 토굴 속 전생 칠 년여의 기도가
이렇게 허망할 수 있느냐는 탄식인가

통곡 대신 방충망에 가슴으로 쓴 유서라면
위로가 되랴 나도 때로는 가슴으로 운단다

그림자

어느 계제에 한 잔 술을 나누거나
서로 통성명 할 처지는 못되지만
내가 땅을 딛고 일어선 그날부터 인연을 맺은 천생의 친구다
어릴 적엔 부엉이가 지는 초승달을 보채던 밤길에 앞서는
너를 밟으며 저린 오금을 달래기도 했었다
녀석에겐 분명 내가 모르는 원죄가 있다
빛이라면 바짝 졸아 내 몸을 감고 뱅뱅 돌다
그늘을 만나면 납죽이 엎드린다
그러다가도 해설피엔 세상 만난 듯 길게 앞지르며
우쭐대는 꼴이 더러는 우습기도 했었다

체온 없는 손은 잡을 수 없고,
핏줄이 팔딱이지 않는 너와 갈등하면서도
명줄이 다하는 날까지 함께 가야 할
평생의 동행이기에 사랑하지 않을 수 없다

어쩌다가
- 플랜75

틀딱, 연금충, 할매미

나이 일흔 다섯에게 묻는다
"그만 죽는 게 어때요?"

학대 착취 방임 유기에 취약한
부모를 잃은 늙은 아이에게
버킷 리스트를 들어준 후
위로금 10만 엔을 쥐여준다

직무에 충실한 콜센터 직원은
마지막 온천여행에서 돌아온
노인의 목덜미에 패치를 붙인다

노인은 연신 고맙다며 죽는다

"다음은 당신 차례다"
아나운서의 섬뜩한 멘트

일본 옴니버스 영화
속편 '플랜 65'가 기다리고 있다

* 플랜75 : 하야카와 치에(早川千繪 1976-) 감독의 옴니버스 영화

아흔재峙에 올라

이건 관조觀照가 아니다
지나온 길 돌아보니
낡은 바람벽 밑엔 낙엽의 지문이 애잔하고
빨랫줄엔 산비둘기 울음소리가 그네를 탄다

침묵 몇 가닥 움켜쥐고 나선 길
그림자 앞을 서고 기억은
지난 여름장마 명개 속에서 허우적거린다

얼굴은 점까지 그려지는데
도무지 이름이 생각나지 않아
어쩌다 절로 떠오기를 기다려보지만
이내 포기하고 저 거시기로 얼버무린다

세월의 휘몰이에
망각은 드난살이인데
어차피 다 버리고 비울 것들

두 눈꺼풀에 흐드러진 늙음은
곧 산 것들의 낡음이라고
죽비가 어깨를 내리친다

다모토리

태어날 제
비단 감고 온 놈이 어딨으며
갈라쥔 두 주먹 파르르 떨며
울어대지 않은 놈 어디 있으랴

한살이는 타고난 팔자 나름이라지만
이러구러 망백의 수사노인垂死老人이 되고나니
모두 같은 곳을 바라보는 길동무가 되었다

장례에서 고복皐復과 방상씨方相氏가 사라진 건
바로 죽어도 억원할 게 없는 영혼들이라는 것

나름 걸어온 길이 구불구불 휘청휘청 했어도
이들은 순박한 시두리(Siduri)의 후예다

언젠가 죽는단 걸 알던 날 철이 들어버렸고
먼저 삼도천 건넌 놈은 선험자라며
한 잔 소주로 박제된 냉가슴을 달래란다

술잔을 부딪치며 마른 목 훑어내는 소리
그러나 어딘가 허전한 혼성 4부 합창은
다모토리!

사랑의 숨비소리

여울을 만난 물이 저절로 굽이쳐 졸졸 노래하고
단풍잎 줍는 소녀는 다만 순수의 여유를 즐길 따름이다

계산할 공식이 있다면 그건 사랑이 아니다

그것은 바로 지금이라는 시한부 옵션
시간이 뜸들기를 기다려주지 않는
순수요 신비이고 경이이며 생명이기 때문이다

영원히 철들지 않는 서정
하나뿐인 심장을 나눌 수 없으면서도
가끔은 코끼리를 삼킨 보아의 뱀을 믿고 싶어한다

깊은 곳으로부터 샘솟은 에너지가 청정하고
결핍과 원망의 집착에서 연유하지 않았다면
비록 못 이룰 사랑이라도 아름다운 것이다

그에게 초월과 달관을 바라는 건 냉혈한이다
차라리 내세를 기약한 윤수선尹水仙의 정사 사건이

왜곡된 사랑의 고전으로 전해오는 까닭이다

그것은 발걸음이 가지런해지고
지순한 숨비소리로 들리는 날까지
무던히 참고 견디는 일이기도 하다

* 尹水仙 : 윤심덕(尹心悳, 1897~1926)

햇살의 메아리

눈에 보이는 것들과의 감정대화가
얼마나 진정한 것인지 혼란스럽다

거울 또한 내 모습을
얼마나 정직하게 비추는지 의심스럽다

달과 별, 온갖 풍광과 크고 작은 사물까지
다만 햇살의 메아리를 볼 수 있을 뿐인 눈
보는 이의 감정이 정한 만큼만 진실일 뿐이다

10월의 갈대밭에서

여줄가리 없이 훤칠한 키
소슬바람엔 사운거리고
된바람엔 수런거릴 뿐
낮은 습지의 바닥나기는
몸에 밴 겸손의 표상이다

변심한 여인에다 견주이는
베르디 오페라의 억하심정
차라리 오갈 때를 알아서
갈대라 했다면 좋았을 게다

은빛 사슬꽃 갈색 향기가
시월의 석양을 적시는데
가을이 갈대를 울리는가
이우는 계절의 설움을 우는가

누가 갈대의 순정을 노래했나
쓰린 가슴 달래느라 홍얼대는
갈바람의 무반주 아카펠라다

5월의 기도

흐드러진 이팝꽃 향기는
겨울 휘몰이에 노그라진
서맥에 사랑을 풀무질을 한다

사랑은 무던히 아끼는 것
5월 초록바람의 손짓은
사랑을 전주르지 말라는 아우성이다

베푸는 사랑에 때가 따로 있던가
살아있는 지금이 늘 그때이고
간절할 때가 바로 그때다

서뿐 물렀거라 세기의 펜더믹
희망의 5월, 경건한 합장은
무심한 구름장에 부치는 비나리다

3부
버려진다는 것

버려진다는 것
- 이사

늘그막에 아파트로 이사하면서
새 환경에 어울리지 않는다는 이유로
긴 세월 애만지던 많은 것들을 버렸다

소용이나 명한이 끝난 것이 아니라
그냥 시절 허드레로 버려진 것이다

비움은 채움의 공간적 순환이지만
버림은 재생불능한 물리적 도태다

언젠가
버린 자도 오늘 버려진 것들처럼
버려질 반전의 날을 맞을 것이다

그날은
선택이 아닌 운명의 날로
지상의 마지막 이삿날이 될테지만

'ㄱ'추렴

아리수에 알콜의 희석소주 월매
알미늄 잔에 찰랑하게 따르면서
서산축협 마트에서 샀다고 했지

대작한 이가 술잔에 말을 받았다
그곳은 옛날 버스터미널 터로
맞은편 2층은 '곰다방'이었는데
치맛자락 추켜쥐고 왜죽걸음치던
까미머리 마담도 '월매'라고 불렀지

오가던 술잔은 별꼴도 거래했다
월매 잔에 월매 콧소리 번지자
달걀 노른자 동동 뜬 모닝커피잔에
양곡만 졸라대던 백구두도 어른거렸지

"다 피시거든 꽁초는 제게 주슈"
끼어든 불청객의 잡치던 한마디
연기만으로 양담배를 알아차렸던
전매청의 매눈은 얄미운 훼방꾼이었지

거나하자 그 시절의 명품도 나왔다
다방주인 '문'씨와 그 상호 '곰다방'
'문'자를 뒤집으면 '곰'자가 되는
문자의 마법이 정말 기발했었지

* 'ㄱ'은 기억記憶으로 쓰였다

술잔에 지는 봄

꽃샘바람의 정에 주린 심술
골짜기 물조차 찢겨 우는데
그믐달 삼킨 밤비 휘갈겨서
갓 핀 4월을 짓밟겨버렸네

평상에 쉬는 길손의 술잔에
연분홍 꽃잎 하나 떠도는데
비바람 자기만 기다린 벌은
서러워 윙윙 술잔을 맴도네

섬 하나 갖고 싶다

세월의 보굿과 감정의 굳은살로
안정을 잃어 비실대는 두 다리와
생각다 깜빡 놓치는 더듬기까지
어지간히 거나한 나이가 되었다

느지감치 섬 하나 갖고 싶다
별난 집을 지을 것도 아니니
크고 아름다워야 할 것도 없고
해도상 좌표 따윈 없어도 좋다

어디 이름 없는 작은 섬 하나 얻어
아직 목마른 마음 자락 다독여 뉘고
지친 영혼 살며시 기대고 싶다

아마도에 서서 생명의 시계를 본다
아직도라면 더 바랄 게 없겠지만
그래도인들 마다할 처지는 아니다

그런 섬 하나 갖고 싶다

가을 난민難民

바이칼호의 난민 행렬이 미리내를 건너느라
끼룩끼룩 내지르는 통곡이 자근자근 씹힌다

서리 내리는 밤이면 단잠을 밀쳐놓고
공연스레 묵은 사진첩을 뒤적인다

다리가 풀려 비실걸음을 치면서도
날마다 두 철 옷을 떼쓰는 변덕은
서리맞은 가을의 망령이다

새싹을 깨우는 봄의 갈채가 우수雨水라면
잎맥이 흘린 낙엽의 눈물은 우수憂愁겠지만
순환궤도에서 추락한 가을 조각이
무릎관절에 부딪혀 우두둑 비명을 지른다

이제 시린 가슴에 가을을 끌어안고
몇 발짝 앞의 겨울 강을 징검징검 건너야 할
가을 난민이다

가을빛 가을 소리

해거름 쌈지공원의 쓰르라미는
늦더위를 잘근잘근 토막 내고
무딘 눈에 손길 뜸한 책장에선
귀뚜라미가 좔좔 가을을 읽는다

바늘 빼 입고 나온 스란치마처럼
나긋하고 하늘거리는 코스모스가
풀죽은 해바라기를 대신했다

버짐나무 잎에 입맥이 도드라지면
이우는 어둠에 지샌달이 바래고
싸라기별이 지고 난 하늘에 남아
하얀 박꽃에 허리쉼을 하고 있다

간이역의 이별

시월 볕 등에 지워 보내야 하는
노여움은 이 가을 노염老炎이 되고
이제는 잡은 손 놓을 수밖에 없는
원망은 붉은 노을이 되었다

막차 표 사고 남은
거스름돈 같은 어스름 발길에
차마 못 잊어 흘린 눈물은
그날 밤 철길의 이슬이 되었다

별의별 이별 두루 겪어냈건만
오늘 저녁 간이역의 이별만은
내 몫으로 남아 애간장 태우니
시름겨운 하늘에 심고 가련다

달빛 사랑

책가방 멘 손자가 왼쪽 눈을 찡긋하더니
엄지와 검지를 모아 동그라미를 짓는다
밝힐 수 없는 가윗돈이 필요하다는 암시다

할아비 쌈짓돈이 은근슬쩍 쥐어지는데
행주치마에 손 문지르며 나오는 며느리가
"아이 버릇 나빠져요"라며 알은체 한다

달은 스스로 빛을 내지 못한다
약하지만 부드럽고 은근하여 편하다
말미암아 에누리 없는 달빛 사랑이다

개밥바라기

밤똥을 말려달라고 닭장 신에게 절을 했는데도
그 시간만 되면 영락없이 아랫배를 쥐어뜯는다
지난밤 살가지에게 물려간 암탉의 비명소리는
여섯 살 아이의 눈동자에 호랑이를 그려놓았다

할머니에 등불 들려 똥방자를 세우고도 불안해서
뒤란 쪽문을 들어설 때까지 얘기해달라고 조른다
마침 앞산에서 뻐꾸기가 운다
저놈은 누명을 쓰고 시어미에게 맞아 죽은 넋이란다
그놈의 떡국과 개 때문이라고
밤마다 떡국 떡국 개개개 조만히 발명해봤지만
여태도 먼 산 메아리만 뻐꾹 뻐꾹

뒷산에서 멧비둘기 울었다
저놈은 술 사 먹다 살림 망친 놈의 넋이지
날마다 술에 찌든 쉰 목으로
계집 죽고 자식 죽고 망건 팔아 영장하고
꾸꿍 꾸꿍 참회로 지새우는 통곡 소리

여름밤 북적대는 반딧불 성화에
몰몰 피어오르던 밀대 방석의 전설들이
유성기 판인 듯 이 밤 꿈뻑거리는 개밥바라기

햄릿 증후군

알려진바, 환갑을 넘기면 남의 나이라 하고
여든 살을 귀신이 두렵지 않은 나이라고 한다지만
100세 시대에도 여전히 유효한지는 기연미연하다

노년의 삶을 두고 여생 또는 제3의 인생이라 한다
모두 여벌의 삶이란 뜻을 내포한 말임이 틀림없다
그렇다고 젊을 때 죽어서 면죄 받을 일도 아니다

왼쪽 짝 가슴을 쥐어짜는 통증
절박하지만 나와 신만이 아는 비밀이다

의료 시술로 심장 운동의 안정성을 얻기로서니
그 정도의 내부 수리 이력이 후일 저승 문턱에서
도핑이나 불법 시공의 시빗거리는 안 될 것이다

외풍 맞받이인 나는 내면의 나를 향해 고백한다
다만 돌연사만은 피하고 싶다고,
그러나 또 다른 내면의 나는

말이 뜸들 사이도 없이 살차게 말휘갑을 친다
'그만하면 살 만큼은 살아보지 않았느냐'고

그래도 운명을 인술에 맡겨야 할 것인지
오로지 신의 영역으로 맡겨둘 것인지
언제까지 선택을 주저하고 갈등하는,
'그것이 문제로다'
그것이 문제로다

도토리의 꿈

도토리는 본디 외톨이었다
땅에 떨어진 뒤의 운명에 대하여
그에게 아무도 가르쳐주지 않았다

반질한 몸매만큼이나
낙천적인 그가 믿어온 것은
머피의 법칙이 아닌
로또의 행운이다

서릿바람에 맨몸으로 추락하는 모험이나
다람쥐의 볼주머니에 갇히는 시련 따윈
지레 겁내지 않는다

으슥한 토굴에 묻어준 고지기의
건망증 뒤에 숨었다가
봄도 겨운 어느 비 내리는 날
갈참나무로 환생할 단꿈을 꾼다

두고 온 것들

늘그막에 편한 삶을 쫓아
닭장 같은 아파트로 이사하면서
늙어 검버섯 돋은 옷장과
칸 반짜리 여름살이 모기장
겨울 눈 치우던 넉가래까지
하찮다고 버리고 온 것들이다

실제로 버려진 건 그것만이 아니었다
그 무한한 여백의 가치를 깨달은 건
달력을 두 번이나 바꿔 달은 뒤였다

이물없던 이웃들의 살뜰한 정이며
고개 들면 말짱 공짜이던 별밭 하늘
찡끗 눈짓하는 저녁 개밥바라기와
초승달도 아파트 숲엔 살지 않았다

미소와 법열 사이

강댕이골 맑은 여울 건너지른
삼불교 짧은 나무다리 하나가
속계와 법계의 나들문이었다

나리꽃 핀 가파른 돌층계 올라
눈썹바위 처마 삼아 여우비 긋는
수기삼존불이 반색하며 맞는다

석가여래 본존불과 협시보살상
인연 있어 한 번쯤은 본 듯하고
살찬놈도 마다 않을 넉넉함이다

잊혀가는 산스크리트어보다는
우리말 발원이 더 먹힐 것 같은
친밀감에 은근히 홀리게 한다

실핏줄에 37도의 체온이 도는 듯
도톰한 볼에 담뿍 흐르는 미소는
환희의 정화요 여래의 법열이다

저녁볕에 발길 거둬 내려오려니
얼핏 팔소매 잡는 은근한 목소리
잔상이 부르는 환청, 잠깐만!

얼떨결에 되돌아본 국보 제84호
그 이름 서산용현리마애여래삼존상
천년의 향기 백제의 미소라 일렀다

메멘토모리

이름은 버마재비, 사마귀, 오줌싸개
사납고 모질기로는 동족도 잡아먹고
무모는 당랑거철이란 성어를 낳았다

범의 아류임을 자부하는 버마재비가
스스로 믿는 것은 날카로운 집게턱에
접기톱 갈고리 같은 두 개의 앞다리다

매미의 단말마적 비명에 고개를 들었다
왕거미가 그물벼리를 당기는 걸 보았다
급히 날개를 펴 거미줄을 향해 돌진했다

권위에 도전하는 거미를 용서할 수 없고
매미도 양보할 수 없는 먹거리였다
이르기를 범의 아재비라니 여북하겠는가

그러나 예상한 대로 지상전이 아니었다
가늘고 끈끈한 거미줄의 탄성과 점성은
집게턱도 갈고리 앞발도 무용지물이었다

추녀 끝에서 거미의 비웃음이 들려왔다

"메멘토모리(Memento mori)"

* 메멘토모리![Memento Mori!] 라틴어로 '죽음을 기억하라'라는 뜻, 고대
  로마에서는 원정에서 승리를 거두고 개선하는 장군이 시가행진할 때
  노예를 시켜 행렬 뒤에서 큰소리로 외치게 했다고 한다.

탁배기가 어울린다

　늙은 사람의 다른 이름이 늙은이다 돌아감은 오롯이 죽음만을 뜻하지는 않는다 시나브로 본래의 모양 성질 곳으로 옮아가는 과정까지를 포괄하는 말이다 한살이가 여행이라면 돌아올 것을 전제로 하고 등산은 하산으로 마친다 돌아가는 과정에는 주접이라는 무수한 지뢰밭을 지나게 된다 입맛을 잃고 어머니 밥상이 그리워지고 꿈에 자주 고향 집과 옛날에 죽은 이들과 만난다면 어느 말 양주나 소주가 겁나고 막걸리가 만만해졌다면

막걸리를 탁배기나 모주母酒라 부른다
부실한 몸속엔 막걸리가 고작이다
손자가 사 왔다니 한강을 건넜을 텐데
애기에 버무리다 보면 앙금은 고향 흙내다

가을을 설거지하는 서리찬 별 샐녘
보리갈이 품앗이 닿은 안 부엌엔
가마솥에서 잘 무른 비짓국이 끓고
막 거른 술은 양푼째 둘러 거냉했다

윗사랑 등잔불이 졸음을 끔벅이는데
개다리소반에 둘러앉은 맨발들에겐
희아리 고춧가루 듬뿍 친 비짓국에
한 대접 탁배기가 그나마 어한이다

지게미 먹은 누렁이의 거나한 눈매엔
부리망이 토해내는 콧김이 서리는데
보리씨를 갈아 덮는 쟁기밥에 묻어난
두더지의 보양식은 까막까치 몫이었다

탁배기의 프루스트 효과가 게워낸 것은
코끝 찡한 고향 냄새로 가슴을 덥힌다
그리움이 치닫다 머문 곳은 한결같다
그것은 엄마 속적삼의 곰삭은 향기다

면책특권

‘늙은이’
같은 말이라도 제가 하면 괜찮고
남에게 들으면 귀거스르는 말이지

나이만으로 정의할 수 없다지만
"밤새 안녕"이란 인사가 어울리는
수사노인垂死老人이 진짜 늙은이지

깜빡 형광증이 전조라지요
웬만한 실수쯤 차라리 애교라고
망령의 신에게 전가하면 그만이지

그렁한 눈에 한날한시 가자던
아름답고 슬픈 노부부의 언약
그건 공소권 없는 거짓말이지

4부
바람피리

바람피리

벤치가 쓸쓸한 십일월 아침나절
호수공원을 둘러선 왕벚나무들이
서릿바람에 오싹 진저리를 친다

함빡 노을이 물든 잎사귀들은
계절의 난민으로 흩어지고
앙상한 가지는 바람피리를 분다

색깔 맞춤의 낙엽은 온갖 몸짓말로
추억을 어르다가 흔적으로
발치에 잎맥의 지문을 찍어 남긴다

무제와 무죄

무제無題란 한갓 주제 선택의 자유를 뜻할 뿐이지만
얼핏 무죄無罪와 발음이 닮아서 부르기에도 편하다
인간은 본디 무한한 영혼의 자유를 타고 났는지 모른다
내 어릴 적 꿈엔 두 팔만 벌리면 팔봉산을 훨훨 넘고
밀물이 넘실대는 방천坊川 갯골도 단숨에 뛰어 건넜었다
철이 든다는 것은 미래에 도사린 위험을 징험해 간다는 것일까
급경사 절개면의 모롱이마다 '낙석주의'란 표찰을 세워놓았다
서울 강남터미널 들목길의 높다란 유리벽엔
크고 새까만 맹금류猛禽類 두세 마리를 그려 놓았다
걷는 자의 길, 나는 새의 하늘인데 대체 어쩌란 말이냐?
우리는 이미 위험을 알렸으니 돌에 맞아 명줄이 어찌 되든,
머리를 찧어 추락사를 하든 그건 오로지 너네의 몫이란 뜻인가
이것이 한 시대를 살갑게 살아가는 교활성의 단면이다
보이지 않는 유리벽에 얼마나 많은 삶을 부딪쳤던가
거기 치이고 부딪쳐 깨지고 주저앉기 얼마이었던가
그래도 늙어 단 한 가지 위안은 있어 천만다행이다
의사의 가운 색깔이 밤샘 눈처럼 하얀 그것,
그것은 인류가 창안해 낸 수제數題 중의 한 선택으로서
낚시꾼이 놓친 물고기보다 훨씬 큰 무제無題의 배려이다
상상해 보라!

섬뜩하게 차가운 얼굴에 까만 망토를 걸치고
꺼져가는 침상의 한 생명을 굽어보는
'전설의 고향' 같은 비정한 새벽 초침 소리를

봄날의 스케치

얼음장 밑에서 산통을 하던 봄이
갯버들 허리를 잡고 몸을 풀었다

땅을 뚫는 봄은 파랗게 멍드는데
속 타는 봄은 잔디밭을 서성댄다

하얀 봄은 무장다리에 날개를 쉬고
어부의 봄은 소라 껍데기 속에 피었다

해 질 녘 고샅에는
어린 봄이 재잘거리고
아내의 봄은 소박한 밥상에
풋풋한 향기로 스케치했다

몸뻬

구태여 묵은 상처를 후빌 생각 따위는 없다

그러나 활개 치는 이토伊藤의 망령과

현충일에 내걸린 욱일기旭日旗의 충격은

세월에 바래가던 통한의 식민사를 흔들어 깨운다

태평양전쟁 말기 일제의 단말마적 발악은

식민지 백성의 생즙을 짜는 잔혹사로 치달았다

수탈의 끝은 피의 공출供出로 이어졌다

청년은 도쿠렝[特練], 벳가세이[別科生]로, 소년은 요카렝[豫科練]으로, 장년은 전쟁 노무와 광산 막장 노동자로 싹 쓸어 징용한 후

후방지원군 애국부인회원의 치마를 벗기고 몸뻬로 갈아입혔다

이후 근로보국이란 이름의 마을 공동작업장의 노동복과

달밤 황국신민세사* 외우기 및 제식훈련복이 되었다

* 皇國臣民の誓詞 : 대일본제국 천황의 신민으로서 충성을 다하겠다는 맹세문(1930년대 후반에, 일제가 민족말살정책의 하나로 조선인들에게 암송을 강요하였다.)

복장을 열었건만

왜구가 훔쳐갔던 부석사 금동관음보살좌상이
우리나라의 문화재 절도범에 의해 되돌아왔다

19세기 근대화 유신 이전의 일본인들에게
조선의 문화는 부러움의 정도를 지나쳤고
그 욕망을 충족할 수단이 왜구요 약탈이었다

아직도 일본 사회에 회자 되는
'구라다 나이'*라는 말이 그 정도를 증언한다

서산 부석사가 불상 인도 소송을 벌였다
천안천수 관자재보살에겐 어느 도둑도
모두 품어 제도해야 할 중생일 뿐이다

편을 들 순 없지만 실상은 밝혀야 하기에
배를 열어 결연문**을 꺼내 보였다
그러나 한국 법원은 최종판결에서 의외로
일본 관음사의 소유권을 인정하는 판결을 했다

무얼 더 입증하란 말인가
나는 또 왜구의 본향 쓰시마로 가야 한다
이야말로 복장 터질 노릇이다

* 구라다 나이(くらだない): 원래는 '백제의 것이 아니다'. 였는데 지금
  은 '짝퉁이다' 로 쓰인다.

** 복장결연문 : 南贍部洲高麗國瑞州地浮石寺堂主觀音鑄成結變文(남
  섬부주 고려국 서주 부석사 당주 관세음보살을 조성하는 결연문) …
  중략… 浮石寺永充供養者也所以現世消災致福後世同生安養而願也
  (부석사에 봉안하여 길이 정성껏 봉양케 함이라. 이로써 현세의 재앙
  을 끄고 복을 이룰 것이며 후세에는 함께 안양국에 태어나기를 비노
  라). 天曆三年(서기1330년)二月 日誌

바람의 초혼招魂
- 다홍빛 반란

더할 수 없이 뜨거운
다홍빛 정염이여

절정의 순간에
생사마저 가르는가

동박새는 알까
저 바람의 외침
아니 먼 기다림의 의미를

미련인가?
정한情恨일까?
업과業果라던가?

옹글게 떨어져
넋으로 되 피는 산다화山茶花여

봄바람

내 봄은 5월에나 허락된다
열여덟 나던 좋은 시절의 봄
염병 살煞을 맞은 후부터다

고사리 조막손이 땅을 뚫고
까치가 둥지 수리를 시작하자
으슬으슬 몸살기가 도지처럼 밀려왔다

개나릿빛 바람, 진달래빛 향기는
압류당한 채 한 토막 전설에 새겨두고
유예받은 봄볕을 조심조심 밟으면서
그 남은 서른여덟 날*을 아껴서 산다

젊어서는 거치 기간 중 이자채무처럼
으레 치러낼 봄의 액땜이려니 넘겼건만
미수米壽의 무게가 어깨에 얹히면서
창틈을 헤집고 새어드는 바람결조차
삼도천三途川의 거친 물소리로 들려온다

* 서른여덟 날 : (봄春자)를 파자破字하면 三十八日이 된다.

사랑방의 향수

옛 고향집은 중문이 없었지만
안팎채의 내외만은 분명했다
서당의 글강 소리가 불렀는지
사랑방에는 불청객이 적잖았다

필묵筆墨 장수는 들름직한 길손으로
필체 몇 장 남겨 인사를 차렸지만
전기수傳奇叟*나 사주쟁이는
막무가내는 잔반殘班**들이었다

살림 형편에는 어울리지 않았다
마지막 선비를 자처하신 할아버지와
장지문 네 짝으로 아래윗간을 나눈
사랑방의 괜한 헛기침이 화근이었다

그리움이 하필 별 것일 까닭은 없다
사라진 것들에 대한 향수 한 토막이
내 세월을 아프게 짓누르는 밤이다

* 전기수 : 예전에 이야기책을 전문으로 읽어주던 사람
** 잔반 : 몰락한 양반

삐딱이 춤 엉거주춤

본디 조명발 휘황한 무도장은 아니지만
그래도 춤이랍시고 골머리는 어지러웠다

속셈 풀이로 어물쩍 흘린 '카더라'도
유튜버에 뻥튀기니 정론으로 둔갑했지

말끝마다 때문이라던 국민은 간데없고
객귀에게 들보 빼앗긴 성주는 가출 중

달그림자 짖는데 실속 없이 컹컹대는 삶
그렇기로 속마음까지 강요하지는 말게나

우물쭈물 한세상이 다 그렇고 그런 것을
마음 사립 지쳐 닫고 엉거주춤이나 출까

삼길포의 전설

몽돌해변 해식동굴과 코끼리바위는
삼길을 보상받기에 넉넉한 경관이고
황금산에서 독곶만의 절경을 찍었다

황금산사에는 임경업 장군의 혼령이
앞바다엔 청룡의 전설이 서려있다

명궁 박활량이 청룡과 연평 황룡의
조기패권 다툼의 결투를 곁들면서
터주인 청룡을 맞추는 잘못으로
화곡만의 조기 어장이 사라졌다

술청에 핀 불성佛性

잔에 술은 칠 푼쯤만 쳐야
손가락이 기미를 보지 않는다는
주모의 어설픈 선문답禪問答에는
귀에 스친 바람인 양 흘려버렸다

그러나
그의 느닷없는 법어法語 한 자락
도축과 살생은 근본이 다르다며
재미삼아 다른 목숨을 빼앗는
사냥꾼은 시왕전에 빌어 봐도
무간지옥에 떨어질 거라고 일갈했다

하기야 공기총 면허를 자랑한 게
상머리 화두話頭의 빌미가 되었지만
바위라도 뚫을 듯 진지한 눈매와
한 칸 술청을 압도하는 억양에서
대덕大德의 전법傳法*에라도 빠진 듯
잠시 술잔 돌리는 것조차 잊어버렸다

삼생의 부처님은 모두 다르지 않고
불성은 세상 어느 곳에나 있다더니
허름한 술청의 늙은 주모에게서
육환장六環杖**의 울림을 들을 줄이야

아니, 어쩌면 그는
지장地藏의 서원誓願을 품고 이승에 온
보살의 현신이었는지도 모른다

* 전법傳法 : 불교의 교법이나 법통을 전해주는 일.
** 육환장六環杖 : 석장(석장)이라고도 한다. 스님들의 지팡이로 용머리에
    여섯 개의 쇠고리를 달아 땅을 짚거나 두드릴 때 금속성을 울리게 하
    였다.

어리바리한 부신訃信

팔봉산 가랑이를 흐르는 방천坊川포구*
갈치, 황석어, 강화육젓 장삿배들
한때는 서도소리로 흥청대던 주막집
섶다리 밑 물에 어린 낯익은 동행

은어와 껄떼기의 떼춤에 홀려
우물쭈물 기수역에 처졌다가
아차 싶게 철부지 낚시에 걸려
갈대꿰미 신세 진 8월 망둥이

저 세월 베잠방이 그 낚시꾼은
애옥살이 지겹다고 고향 등졌지

미끼 없이 던져진 도시 낚시에
질기게 붙좇는 팔자를 탓하더니

은어, 껄떼기도 회귀하는 그 방천을
그적 낚시꾼만 잊지는 않았으련만

어쩌다 상자桑梓의 땅을 버린 채
저승길 떠났다는 몽당한 전보 한장

어차피 다 두덮고 가야 할 외길이니
그냥 그런 줄이나 알라는 게지!
눈에서 비우고 머리에서 지우려도
가슴을 찢고 튀어나오는 그 낚시꾼

* 방천포구 : 서산시 팔봉산 자락 금학리와 양길리 두 골짜기와 연화산
  에서 발원 서북 골짜기 대황리 황골을 거친 지천들이 합류하여 서해
  가로림만 갯골로 흐르는 하천.

소년을 깨우는 소리

조금은 서툰 숨씨다
그래서 더욱 목젖을 달인다

주말 오후 다섯 시
또바기 들려오는 풍금 소리

열두 살 소녀의 애틋함이
조곤조곤 씹힌다

세운 귀에 고향이 스멀거리고
형제 그린 가슴 먹먹하다

뒤척이는 동짓달
소년을 깨우는
'오빠 생각' 손풍금 소리

어쩌라구요

어느 날 들보 내려앉는 소리 들었다

못 오를 먼 산은 눈썹 위에 얹어둔 채
손이 허전해서 휴대전화는 끼고 나섰다

녀석이 주머니 속에서 연신 칭얼대더니
밑간도 안 된 강남 카더라를 들이밀었다

한 잔 탁배기에서 위로 받는 삶이다

활대 등 두드리며 허리쉼을 하는 나이
야윈 손으로 파란 추억을 조물락거린다

오늘 몸값 천오백 원

등을 떠밀려 진료실을 빠져나오기 바쁘게
원무과 간호사가 낚아채어 앞에 세우더니
다짜고짜 천오백 원 나오셨습니다, 한다

오늘 진단한 내 몸값이 천오백 원이란 뜻인지
진료비께서 언제부터 오시기까지 했단 말인지

옥생각 뒤척일 때 처방전이 코앞에 밀쳐졌다
돈이면 귀신도 부린다는 이즘 세상이고 보면
나름 때문의 돈에 인격을 붙인들 어떠랴 싶다

아둔하기로 설마 행림杏林*까지야 바라겠는가
기름을 친다는 말, 이미 은어 축에도 못 낀다
환자를 뺀 병과 돈의 거래라면 셈은 쉬워진다

그깟 삐걱대는 몸에 기름 치러 왔다 치면 그만
세상 돌아가는 톱니 틈에 끼어 사는 삶 탓인데
오늘 몸값 천오백 원이라도 감사해야 할 처지다

* 행림杏林 : 중국 삼국시대 오吳나라에 동봉董奉이라는 명의가 있었는데
그는 치료비 대신 집 주변에 살구나무 한 그루씩을 심게 했더니 무려
10만 구루가 넘는 살구나무 숲이 이뤄졌다. 그 후 행림은 진정한 의술
을 펴는 의원의 대명사가 되었다고 한다.

창귀倀鬼의 마지막 충성

모진 보릿고개가 울고 갈 대두박*大豆粕 쌀의 계절이 있었지
부역과 공출보국을 강요받고 해가 떠도 백야만 계속되던
그런 몹쓸 놈의 세월이 지겹도록 길었었지
그 시절 B29는 비행운을 그어놓고 가뭇없이 사라졌는데
방공감시초소의 사이렌소리만 칠월 마당 땡볕을 갈았지

여든 살 노인에게 밑천이라곤 무논 말가웃지기 값이라던
노구거리 농우農牛 한 마리가 전부였었지

창귀**가 된 야마모토 순사, 마끼야마 서기도 동족이었지

1943년, 창귀의 당꼬바짓가랑이에서도 비파소리가 났지
매눈 번득이며 마을을 누볐고 징용감으로 점찍어뒀던
열여섯 살 손자를 빼돌린 노인을 두고 볼 리 만무했지

단말마적 화풀이는 애꿎은 노구거리에게도 미쳤지
농우의 공출명령은 일제日帝에 바치는 마지막 충성이었고
노인에게는 최대의 압제요 평생에 잊지 못할 고통이었지

* 대두박大豆粕 : 일제日帝는 쌀을 공출로 뺏어가고 대신 썩은 콩깻묵을
  쌀이라고 배급했다.

** 창귀倀鬼 : 호랑이에게 물려 죽은 사람의 혼魂으로 호랑이에게 예속되
  어 호랑이가 먹을 것을 구하러 다닐 때 앞장서서 먹이를 찾아 준다고
  함. 못된 짓을 하는 데 앞장 서는 사람을 비유하기도 함.

이문안에 핀 유문화

매화의 군자자리를 넘보기에

물신선水仙花이란 이름값인가 했더니

금잔옥대金盞玉臺라 부추겼더니

어느새 해탈선解脫禪의 경지에 올랐다

서암西巖 약천藥泉이 시담詩談에 취해

취석醉石에 잠들었다가

동천洞天 물에 흘려보낸 시 조각처럼

너마저 취해 이문안에 누웠느냐

유문柳門을 둘렀으니 유문화柳門花라 부르리

허수아비의 기도

더넘스런 머리와 개맹이 풀린 눈매
비보라에 얼룩진 검정 눈물 자국들
지질한 사내의 대명사가 되었습니다

윗도리만 걸친 외짝 다리의 홀아비
그래도 하늘에 간구할 게 하도 많아
온몸으로 십자성호를 짓고 서있습니다

하늘이 은총을 내려
착한 허수어미를 점지해 주신다면
연리지처럼 서로 의지하고
비익조가 되어 하늘을 날겠습니다

할 말을 잊고 말았다
- 문정희의 「응」을 읽고

"꽃처럼 피어난 나의 문자 응"

첫 대면은 그냥 눈으로 읽었다

표면장력에 찰랑대는 물잔이 아슬아슬하고
줄광대를 보는 듯 헤벌어진 입은 민망하다

눈이 못 미더워 가슴으로 읽었다

자네와 자네 그 가시버시의 원초적 밀어
입과 입으로 우직스레 문지방을 허문
"응"

살 떨리게 완벽한 소리문자의 꾸밈새다

자음이 바라본 향방 따라 엇바뀌는 나와 너
하늘과 땅과 사람의 체위로 형상화한
"응"

가슴 따뜻하고 입에 군침 돌게 만발한 시어
뜻글보다 절묘하고 영악스럽게 찾아낸
"응"

그래도 다 읽었노라기엔 아직 턱없지만
광화문광장 훈민님 든 손이 무릎을 탁 친다
"응"

회전문

윤회의 회전축에서 튕겨져 나간 것은 원심력의 탓이었다 삼신할미에 이끌려 오른 인과산因果山의 높이를 미처 몰랐었다 10여㎞ 지점까지는 햇볕도 있고 주변에 고사릿과 식생들이 말을 걸어와서 두려움을 잊었는데 삼신할미는 그 지점에서 엽귀厭鬼*에게 길라잡이를 떠넘기고 사라졌다 엽귀는 양치기 개처럼 뒤에서 길을 몰았다 몇 발짝 들어서자 레드우드 숲이 하늘을 가렸는데 맹수들의 울부짖는 소리에 깜박 실신했다가 깨어보니 어느새 정상 65㎞ 운명봉運命峰 표지석 앞이었다 등짐을 부리고 숨돌릴 사이도 없이 숙명로宿命路 내리막길에 들어섰다 이제는 엽귀조차 보이지 않았다 해방감도 잠시, 뜻밖에도 몇 발짝마다 훼살꾼이 앞을 가로막고 연명세延命稅를 내라고 야료를 부렸다 그때마다 피처럼 아끼던 예금을 털어주고 고양이걸음으로 어렵사리 90㎞ 지점을 지나쳤다 지친 몸에 휘청걸음 치는데 안갯길 양쪽에는 회색빛 지난 인연들이 웅성거린다 나머지 잔도棧道 10㎞의 아슬아슬한 벼랑 끝 저만치에 녹슨 선간판 하나 "이 내리막 갈림길에서 호흡이 남았거든 왼쪽 심우산尋牛山 견성암見性庵으로, 달리거든 오른쪽 모롱이를 돌아 망우산忘憂山 적멸암寂滅庵으로 가라 어느 들문을 선택하든지 날문은 모두 같으리라"라는 알 듯 말 듯한 알림 글이다

* 옆귀: 앞귀라고도 하며 불교 윤회의 55신 가운데 사람의 꿈속에 나타
    나 가위 누르는 귀신

밤의 신들에게

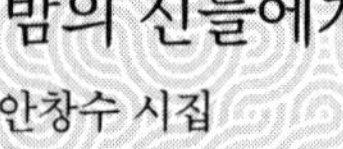
안창수 시집

해학과 풍자가 빚어내는 팔봉산의 생기

- 안창수 시인의 시세계

신익선(문학평론가, 문학박사)

해학과 풍자가 빚어내는 팔봉산의 생기
- 안창수 시인의 시세계

신익선(문학평론가, 문학박사)

1. 일상의 해학諧謔

시는 시인을 규정짓는 유일한 잣대다. 시는 우주에 얼굴을 내밀면서 동시에 우주를 속박하는 유일무이한 형체다. 안창수의 시가 주는 묘미는 폭넓은 통찰력에서 오는 해학과 풍자에 있다. 안창수의 시에 있어 해학은, 언어예술의 영역, 세속과 이승의 영역, 종교의 영역을 초월한다. 해학은 광대한 우주보다 수백 배 넓은 무의식의 고체를 일순 허물어뜨린다. 웃게 하는 시편은 독특한 힘이다. 자신만만한 표정을 가진 해학은 아무리 멀고 먼 거리라도 지척이다. 아무리 화나는 일이라도 금방 웃게 만든다.

충남 서산 팔봉의 시인, 안창수의 시에 있어 해학은 시의 목소리이면서 안 시인의 목소리다. 안창수는 망백望百이 지난 시인이다. 그러나 망백이 대수인가. 요리조리 주리를 틀다가 은근슬쩍 시어를 놔주고 끌어당기는 폼이 일품인 안창수 시인의 시적 언어 구사는 매우 탁월하다. 시어를 주무르고 매만지며 토해내는 솜씨가 가히 당대에 있어 절창이자 가인이라 할 만하다. 서산 팔봉산, 여덟 산봉우리가 안창수를 통하여 숨겨둔 시편을 토해내는 생기다. 안창수의 시의 구조와 상황을 통하여 듣는 시의 희열이다.

굳이 명명하면 안창수의 생기다. 생기는 시의 전부이다. 생명의 전율이자 경이로운 환희이다. 이미 세상에서 논의되고 규정해 놓은 프레임이 아니다. 새로움이다. 신명이다. 기쁨이다. 처음으로 새 눈을 틔우는 통찰洞察이며 통섭統攝이다. 사물과 삶을 하나로 투시하고 관통하는 시어의 출생이다. 획기적이며 생기발랄한 안목의 생기, 시 예술에서 생기야말로 고루한 논점을 탈피시키는 새롭고도 신비로운 영원한 눈이다. 생기를 상실한 시편은 너무나 구태의연하고 진부하다.

시 예술에 있어 탁월한 시적 성취를 쟁취하는 첩경은 그로테스크한 색깔의 생성이거나 길 잃은 무한방황, 초봄의 신록이 깃든 몽롱한 모호함을 포괄하여 웃음을 주는 해학의 마당이다. 슬며시 웃게 만들다가 점점 심하여져 허리 뒤틀며 웃게 만드는 해학, 이번 시집에 실린 거의 모든 시편마다 해학으로 차고 넘친다. 시집의 어디를 펼쳐도 쉬이 해학 시편을 만나지만 특히 하기의 시편 「달빛 사랑」과 「개밥바리기」는 가족과 시인 자신을 향한 애정이 담긴 해학의 기록문이다.

책가방 멘 손자가 왼쪽 눈을 찡긋하더니
엄지와 검지를 모아 동그라미를 짓는다
밝힐 수 없는 가욋돈이 필요하다는 암시다

할아비 쌈짓돈이 은근슬쩍 쥐어지는데
행주치마에 손 문지르며 나오는 며느리가
"아이 버릇 나빠져요"라며 알은체 한다

달은 스스로 빛을 내지 못한다
약하지만 부드럽고 은근하여 편하다
말미암아 에누리 없는 달빛 사랑이다

- 「달빛 사랑」 전문

밤똥을 말려달라고 닭장 신에게 절을 했는데도
그 시간만 되면 영락없이 아랫배를 쥐어뜯는다
지난밤 살가지에게 물려간 암탉의 비명소리는
여섯 살 아이의 눈동자에 호랑이를 그려놓았다

할머니에 등불 들려 똥방자를 세우고도 불안해서
뒤란 쪽문을 들어설 때까지 얘기해달라고 조른다
마침 앞산에서 뻐꾸기가 운다
저놈은 누명을 쓰고 시어미에게 맞아 죽은 넋이란다
그놈의 떡국과 개 때문이라고
밤마다 떡국 떡국 개개개 조만히 발명해봤지만
여태도 먼 산 메아리만 뻐꾹 뻐꾹

뒷산에서 멧비둘기 울었다
저놈은 술 사 먹다 살림 망친 놈의 넋이지

날마다 술에 찌든 쉰 목으로
계집 죽고 자식 죽고 망건 팔아 영장하고
꾸꿍 꾸꿍 참회로 지새우는 통곡 소리

여름밤 북적대는 반딧불 성화에
몰몰 피어오르던 밀대 방석의 전설들이
유성기 판인 듯 이 밤 꿈뻑거리는 개밥바라기

-「개밥바라기」 전문

시는 조사助詞와의 싸움이다. 조사 사용 여부에 따라 시는 그 의미가 배가하거나 소멸한다. '책가방'을 메고 등교하는 손자와 소통, 밀담, '암시'를 주고받는 시편 속의 조사는 단출하다. 롤랑 바르트의 의미(meaning) 전달이 아닌, 사물의 의미화(sinification) 전달 과정이 그대로 그려져 있다. "책가방 멘 손자가 왼쪽 눈을 찡긋하더니/엄지와 검지를 모아 동그라미를 짓는다" 용돈 이야기지만 손자가 왼쪽 눈을 찡긋하는 자체, 엄지와 검지를 모아 동그라미를 짓는 모양 자체가 초승달과 보름달 모형이다.

손자의 등굣길 이런 모습은 벌써 한두 번이 아닌 듯하다. 관행으로 굳어진 할아버지와 손자, 둘만의 내통이 읽힌다. 상황을 알게 된 자부子婦가 "아이 버릇 나빠져요"라며 알은체" 하지만 상관없다. "달은 스스로 빛을 내지" 못 하는 것이라고 한다. 손자가 손자 스스로 굳건히 살아가기엔 '빛'이 필요한 것이다. 달이 햇빛을 반사하듯이 손자도 당분간은 '가욋돈'이 소용된다. 달이 빛을 발하게 할아버지인 시적 화자는 기꺼이 '쌈짓돈' 꺼내어 은근슬쩍 손자 손에 쥐어 주곤 하는 것이다.

아낌없이 주는 나무가 바로 손자에 대한 할아버지의 무조건적 내리사랑이다. 달빛의 특성은 "약하지만 부드럽고 은근하여 편하다"고 한다. 달빛의 은근함에 기댄 '달빛 사랑'은 그리하여 할아버지와 손자, 며느리가 하모니를 맞춰 부르는 아침 가곡이다. 가족 간에 수수되는 해학의 표상이다. 아름답고 행복한 가족의 오붓함으로 인하여 더 이상의 '에누리'가 없다. 사랑하는데 에누리가 없듯이 해학으로 빛나는 시편이다.

한편, 「개밥바라기」 시편은 '닭장 신神'이 등장하는 여섯 살, 유년 시절 회상 시편이다. 망백 지나서 여섯 살 적 일들을 말하는 시적 화자의 사설 섞인 타령이야말로 첫 연부터 마지막 연에 이르기까지 삼복더위에 막걸리 한 사발 마시듯 달착지근하다. 예전에는 삵이 닭을 물어가는 일이 흔했다. 화장실은 바깥에 있었다. 양변기나 비데는 상상조차 할 수 없는 초근목피의 시절이었다. 옛날 오밤중에 바깥 화장실을 가야 하는 어린 소년의 의지처는 할머니였다. 등불을 마련한 할머니가 비춰주는 불빛 타고 바깥 화장실에 갔다. 춘향전의 향단이나 방자인 양, '똥방자'는 으레 할머니였다. 한 집안의 어른이신 할머니를 '똥방자'로 격하시켰는데도 하대의 감정이 안 들고 웃음을 증폭시킨다.

누구든 여섯 살 손자의 말을 안 들어주는 할머니는 없다. "할머니에 등불 들려 똥방자를 세우고도 불안해서/뒤란 쪽문을 들어설 때까지 얘기해달라고 조른다" 할머니의 옛날이야기 목소리가 필요한 것이다. '똥방자'로 부족하여 화장실에서 나와 방으로 들어오는 문인 '쪽문'에 오기까지 할머니 이야기가 절대 필요했다. 무서움을 쫓아내는 한 방편이다. 그때 마침 앞산에서 '뻐꾸기'가 울었다고 한다. 절묘한 상황제시이다. 할머니 말씀은 이어졌다. "저놈은 누명을 쓰고 시어미에게 맞아 죽은 넋이란다/

그놈의 떡국과 개 때문이라고" 부연 설명하셨다. 그 밤에 또 앞산 뻐꾸기가 울자, 뒷산에선 '멧비둘기'가 울었다고 한다. 우는 게 일상인 시절이었다. 할머니는 또 "저놈은 술 사 먹다 살림 망친 놈의 넋이지/날마다 술에 찌든 쉰 목으로/계집 죽고 자식 죽고 망건 팔아 영장하고/꾸꿍 꾸꿍 참회로 지새우는 통곡 소리"라 설명하셨다. 앞산 뒷산이 새소리로 난리였다.

새소리만이 아니다. 다른 이야기도 있다. "여름밤 북적대는 반딧불 성화에"의 '반딧불'이다. '여섯 살 아이'에서 '반딧불'로 주어 이동이다. 반딧불 성화에 못 이겨 '밀대 방석의 전설들'이 옛날의 음반인 '유성기판인 듯' 음악 들려주는 개밥바라기 별의 존재 이유이다. 추억이 있는 한 '밤똥' 조차도 개밥바라기 별이다. 추억을 회상하듯 개밥바라기 별이 반짝거리는 모습을 '꿈뻑거리는'이라 표현한다.

마치 사람의 눈이 '꿈뻑'거리는 모양의 재현이다. 전체 내용이 아늑한 유년 풍경을 한 폭의 필름 영상으로 보듯이 선명하다. 이 시편에 등장하는, '닭장 신', '시어미에게 맞아 죽은 넋', '술 사 먹다 살림 망친 놈의 넋', '조만히', '밀대 방석', '유성기 판' 등등 시어는 시적 화자의 해학과 더불어 다양한 언어습득과 자유로운 언어 구사의 다채로움을 대변하는 단어들이다. 이 밖에도 시어의 윤택함과 다채로움은 하기의 「이렇게 산다우」 1·2·3 역시 예외가 아니다. 여기서는 「이렇게 산다우 1」만 보자.

만났다 헤어진 애틋한 인연은 얼마이고

썼다가 지워버린 소중한 이름은 몇몇에

못 지키고 못 베푼 사랑은 몇 거듭이며

기회마다 어깃장은 진정 신의 뜻이었나

이내에 단풍의 잎맥처럼 드러나는 계절
서툰 시를 얽어 늘그막을 달래겠다는데
제발 덕분에 보름보기 눈이나 아끼라는
건넌방 평생지기의 귀에 절은 일장 사설辭說

병원 바라지 십 년에 귀동냥한 풍월인 줄
번연히 알지만 어쭙잖게 앞서는 고까움이
고스러져가는 사내 깜냥에 곁불로 번져도
밴댕이 소갈머리 들킬까 걸린 너겁을 삼킨다

도전도, 포기도 어지빠른게 분명한데다가
그만 일에 주눅이야 들까마는 목젖에 걸린 말은
지켜보는 연민을 닥뜨린 절박에야 어찌 가잘비겠오
            -「이렇게 산다우 1」 전문

　'연민과 절박 사이'란 부제가 붙은 「이렇게 산다우 1」은 웃음
단지다. 우선 제목부터가 친한 옆 친구와 주고받는 흉허물없는
말본새다. 편해서 그런가. 시어에 등장하는 단어들이 거의 모두
가 방언에 가까운 언어이거나 생판 낯설은 용어다. 중등학교는
물론 대학에서도 아마 진의 파악이 난해할 시어들로 도배되어
있다. 가령, '사랑은 몇 거듭', '보름보기 눈'. '고스러져 가는', '너
겁', '어지빠른', '닥뜨린', '가잘비' 등등의 명사, 형용사는 안창수
시인의 시어 구사의 폭이 자유자재임을 보여준다. 핵심은 각각

거듬-한 아름 안을 수 있는 양, 보름보기 눈 - 애꾸눈의 다른 말,
고스라져 가는-말라비틀어져 삭아질 듯한, 너겁-물에 떠내려와
걸린 검불, 어지빠른-평상시보다 빠른 행동, 닥뜨린-급하게 부딪
히는 일들, 가질비 - 비유하거나 비교하다 의 고어 등으로 어려
운 단어들이다.

비평이 불필요한 서사의 내용인즉, "이내에 단풍의 잎맥처럼
드러나는 계절/서툰 시를 읽어 늘그막을 달래겠다는데"처럼 '단
풍의 잎맥'은 늙음의 표식이다. 단풍은 가을을 뜻한다. 이 계절
에 서툴지만 '시'다. '늘그막'에 시에 천착하려는 화자를 향하여,
'제발 덕분에 보름보기 눈이나 아끼라'는 '건넌방 평생지기'로 표
현하는 숨겨진 화자의 걱정을 듣는다. 외눈을 보호하라는 거다.
'평생지기'는 '아내'의 은유다. 이 시편에서 숨어 있는 아내는 '병
원 바라지 십 년'을 한 의사 버금가는 '풍월을 읊을 줄' 아는 사람
이다. 당연한 말이지만 고깝다. 그러나 내색 못 한다. 아니 안 하
기로 한다. 그랬다가는 공연히 '밴댕이 소갈머리'라고 핀잔 듣기
십상이다. '너겁'을 삼키는 이유는 그것이다.

'너겁'을 삼킨 속이니 속이 말이 아닐 것이다. 검불 더미가 위
장을 점령하였으니 속 쓰리기도 할 것이다. 그렇다고 무한 '주눅'
들지도 않는다. 너겁을 삼키고도 인내하자니 부아가 '목젖'에 걸
려 나오질 않는다. 살펴보자니 스스로가 좀 불쌍하다. 객관적으
로 보아 '연민'을, 자기 스스로에 대한 연민을 맞닥뜨린다. 그러
자니 "지켜보는 연민을 닥뜨린 절박에야 어찌 가잘비겠오" 라며
'연민과 절박'을 노래한다.

시적 화자는 '연민'을 말하나 사실은 풍요롭다. '절박'을 말하
나 사실은 여유롭다. 옆자리에서 이런저런 걱정을 해주는, 함께
하는 사람이 있는 풍경이기 때문이다. 들판에 외로이 혼자 서 있

는 나무가 아니라 대화를 나누고 온기를 나누는, 함께하는 사람이 있다는 서사는 해학의 기초가 단단하기에 가능하다. 마음이 푸근하고 정신은 맑다. 그러므로 삶과 마음의 여유와 흥취가 있다는 직설적 통로가 해학으로 표출되는 것이며 이 해학이야말로 안창수 시인의 시세계의 일단이라 하여 과언이 아니다.

2. 풍자諷刺의 옥토

　시인은 자기 시대의 정치 사회 문화적 상황에 대하여 사실주의로 그려내기도 하지만 정치 사회의 부정적 현상이나 인간의 모순에 빗대어 비판하는 걸 멈추지 않는다. 정치에 직접 참여하는 경우는 드물지만, 정치 사회 문화에 대하여 시편을 통한 예리한 진단과 비판은 지속된다. 이것이 시에서의 풍자다. 이때의 풍자는 비판이라는 칼날보다 더 진한 웃음을 준다는 특성이 있다.
　안창수의 다수 시 구조는 이 풍자와 직간접으로 연계된 시편들로 채워져 있다. 「삐딱이 춤 엉거주춤」이 대표적이다. 시어도 안 되는 '엉거주춤'이란 부사어를 명사로 탈바꿈시키는 일로 미흡한가, 독자로 하여 내심 얼씨구 절씨구 지화자 좋다, 라면서 시어에의 흥거운 장단에 저절로 어깨춤 들썩거리게 하는 '춤'으로 승격시켜 놓는, 풍자의 빛살로 어우러진 '엉거주춤' 시편의 실체를 보자.

　① 본디 조명발 휘황한 무도장은 아니지만
　　 그래도 춤이랍시고 골머리는 어지러웠다

속셈 풀이로 어물쩍 흘린'카더라'도
유튜버에 뻥튀기니 정론으로 둔갑했지

말끝마다 때문이라던 국민은 간데없고
객귀에게 들보 빼앗긴 성주는 가출 중

달그림자 짖는데 실속 없이 컹컹대는 삶
그렇기로 속마음까지 강요하지는 말게나

우물쭈물 한세상이 다 그렇고 그런 것을
마음 사립 지쳐 닫고 엉거주춤이나 출까

- 「삐딱이 춤 엉거주춤」 전문

② 윤회의 회전축에서 튕겨져 나간 것은 원심력의 탓이었
다 삼신할미에 이끌려 오른 인과산因果山의 높이를 미처
몰랐었다 10여㎞ 지점까지는 햇볕도 있고 주변에 고사
릿과 식생들이 말을 걸어와서 두려움을 잊었는데 삼신
할미는 그 지점에서 엽귀厲鬼에게 길라잡이를 떠넘기고
사라졌다 엽귀는 양치기 개처럼 뒤에서 길을 몰았다
몇 발짝 들어서자 레드우드숲이 하늘을 가렸는데 맹수
들의 울부짖는 소리에 깜박 실신했다가 깨어보니 어느
새 정상 65㎞ 운명봉運命峰 표지석 앞이었다 등짐을 부
리고 숨돌릴 사이도 없이 숙명로宿命路 내리막길에 들어
섰다 이제는 엽귀조차 보이지 않았다 해방감도 잠시,
뜻밖에도 몇 발짝마다 헤살꾼이 앞을 가로막고 연명세

延命稅를 내라고 야료를 부렸다 그때마다 피처럼 아끼
던 예금을 털어주고 고양이걸음으로 어렵사리 90㎞ 지
점을 지나쳤다 지친 몸에 휘청걸음 치는데 안갯길 양
쪽에는 회색빛 지난 인연들이 웅성거린다 나머지 잔도
棧道 10㎞의 아슬아슬한 벼랑 끝 저만치에 녹슨 선간판
하나 "이 내리막 갈림길에서 호흡이 남았거든 왼쪽 심
우산尋牛山 견성암見性庵으로, 달리거든 오른쪽 모롱이를
돌아 망우산忘憂山 적멸암寂滅庵으로 가라 어느 들문을 선
택하든지 날문은 모두 같으리라"라는 알 듯 말 듯한 알
림 글이다

-「회전문」 전문

안창수의 위 ①의 시편에 숨겨진 풍자는 놀랍다. 첫 구절에 나
와 있는 대로 정말 '골머리' 삭갈릴 정도다. "본디 조명발 휘황한
무도장은 아니지만/그래도 춤이랍시고 골머리는 어지러웠다"라
는 첫 연 시적 화자 '골머리 어지러운' 어지럼증에 전염되었는가.
발문에 내놓는 시편을 읽으며 어지럽다. 장강만리長江萬里라, 시
어의 행간과 시어의 연聯이 서산 팔봉의 산천으로 부족하여 만리
길 서해안 해안 기슭이거나, 만리를 흐른다는 중국 양자강을 요
란하게 쳐대는 서해의 파도와 강물의 파도를 부르는 달과 달그
림자 음영을 드리우길 반복한다. 근래 들어 부쩍 심해진 '카더라'
로 사람 잡는 혹세무민의 정치. 사회, 경제는 요지경이다. '유튜
버'라는 사이비 그룹은 돈벌이에 급급하다. '뻥튀기'를 통하여 가
설을 호도, 정론으로 둔갑시키는 재주가 있다. 기막히고 코 막히
는 세속이다.

게다가 권력의 단맛에 취한 위정자들은 입만 열면 뱉는 말이 있다. '국민'이다. 순전히 개코같은 소리다. "말끝마다 때문이라던 국민은 간데없고/객귀에게 들보 빼앗긴 성주는 가출 중"인 현실이다. 걸핏하면 억지 춘향 격으로 쓰는 편의 용어인 '국민'은 저들의 밥벌이용, 권력용 너스레다. 단물 빨아먹는 개수작을 아주 태연하게 배설해 놓는 망국적 용어다. 국민은 고로 궁민窮民이다. 게다가 '객귀'에 나라의 대들보를 빼앗긴 '성주'는 '가출 중'이다. 집안에 어른이 없다. 나라에 어른도 없다. 그저 객사客死한 귀신 새끼인 '객귀'만 난무한다는 풍전등화의 나라 한탄의 시편이다.

여기에 방어기제란 자조 어린 탄식이다. 어지러운 세상 풍경이 연속하여 이어지길 반복한다. 하 어수선하다 보니 '달그림자'가 짖어댄다고 한다. 원래는 개가 달그림자를 보고 짖어야 상식인데 거꾸로다. 그래서, 세상이 뒤집어졌으므로 "달그림자 짖는데 실속 없이 컹컹대는 삶"처럼 '달그림자'가 짖어댄다. 그러니 '실속'을 차릴 수 있겠는가. 개가 짖듯이 그저 '컹컹' 대는 삶을 사는 수밖에 없는 것이다. '속마음'이야 없을 리 없지만 시적 화자는 굳이 그걸 캐내려 하지 말라 당부한다.

'마음 사립 닫고' 사는 것이란다. "우물쭈물 한세상이 다 그렇고 그런 것을/마음 사립 지쳐 닫고 엉거주춤이나 출까"라는 결구는 삶을 살아가는 방법이면서 자조의 표현이다. 개판으로 돌아가는 작금의 정국에서 개뿔, 주인은 없다. 삼권분립이 멸절해 가는 판국에 누가 국민을 위하는 정치인지 도무지 헷갈린다는 것이다. 여기서 '마음 사립'은 조어이다. '사립문'에 마음이 붙었다. '마음 사립'은 마음을 엮어 여닫는 문이다. 그냥 닫은 게 아니다. '지쳐' 닫았다. '지쳐 닫다'는 강하게 문을 닫았음을 강조한다.

이도 저도 아니라서 괴이하게 주춤거리는 몸짓인 '엉거주춤'의 명사화다. 위 기술된 작품, 「삐딱이 춤 엉거주춤」은 그러므로 지상에 단 하나밖에 없는 춤사위의 명칭이다. 통렬하게 가한 정치 사회 비평이다. 작품구조에서 사회의식을 속 깊이 여과하여 드러내는 안창수의 날카롭고 예리한 사회 인식과 현실 비판 천둥소리가 바로 혹세무민, 혼란한 세상 판을 그리면서 개판 춤사위를 '엉거주춤'으로 그린 풍자 시편이다.

②의 「회전문」은 이 시집 맨 뒤편에 실린 시편이다. 순전히 풍자로 도배된 「회전문」 시편은 그야말로 회전문이다. 사람이 낳고 살고 죽는 거야 회전문의 법칙이다. 회전하기 때문에 낳아도, 죽어도, 아무 상관 없다. 각주에 엽귀 해설이 있다. 엽귀는 '앞귀라고도 하며 불교 윤회의 55신 가운데 사람의 꿈속에 나타나 가위 누르는 귀신'이란다. 무려 55신이라니 신 천국이다. 귀신 심부름꾼, 엽귀의 역할은 '길라잡이'란다. 무슨 길라잡이인가. 저승길 가는 사람에게 저승길을 알려주는 귀신이다. 저승 가는 데 길 안내해 주는 엽귀는 사실 귀태鬼胎이다. 없을수록 좋다. 아니, 저승길 따위야 좀 길 잃어버리면 어떤가. 저승길 잃어버리면 도로 이승으로 올 수도 있잖은가.

첫 행인 '삼신할미' 손에 이끌려 '인과산'을 오른 일부터가 잘못되었다. 아기를 점지해 주고 출산 및 육아까지를 관장하는 신인 '삼신할미'가 등장하여 길을 몰아대는 '엽귀에게(죽어서 저승길 오는 이를) 떠맡기고는 사라졌다'고 한다. 출생까지만 도와주고 줄행랑쳤다는 것이다. 살아가는 일은 오로지 혼자 몫이 된 것이다. (인생) 길에 들어보니 '숲이 하늘을 가리고 맹수들의 울부짖는 소리에 실신'까지 하면서 당도한 산이 '운명봉'이다. '인과산'을 지나 살아 온 삶의 여로는 기실 '운명봉'이다. '인과산'에 올라서 '운명봉'을 지나, '숙명로'라는 '내리막길'에 들어섰다. 이승과 저승의 모호한 경계를 드나드는 숨겨진 시적 화자의 운명이 '숙명로'에 들어섰는데, 젠장, 여기서는 '헤살꾼이 앞을 가로막는'다. '헤살꾼'이므로 방해꾼이다. 이 작자가 나타나 왈, '연명세'를 청구한다.

힘겨운 일이다. 살아가는 일은 '연명세'를 내는 일이다. 별의별 세금을 갹출하는 게 정부다. 어느 시대 어느 나라든지 권력자를 먹여 살리고 호의호식하게 하는 주체는 국민이다. 국민이 궁민窮民이 되는 이유다. '피처럼 아끼던 예금'은 세금으로 털린다. 처음 '인과산'에서부터의 '숙명로'까지 등정 거리는 90km다. 살아갈 '잔도'는 이제 10km만 남았다. 입력된 프로그램은 그러니까 총연장 100km다. 다 다다르면 죽는다. 잔도 앞에 이르러 호흡이 있는지 없는지 모른다. 본문에 이르기를, '내리막 갈림길에서 호흡이 남았거든' 길을 가길 '심우산 견성암'으로 가든, '망우산 적멸암'으로 가든 가라고 한다.

'심우산'은 당나라 고승 동안同安선사 십현담에서 유래된 불가佛家의 종도宗道를 빗댄 조어다. 이곳에 해탈을 궁구하는 '견성암'이 있다고 한다. '망우산'은 온갖 걱정 근심을 잊게 하는 산인데 그도 그럴 것이 곧 '적멸암'에 들 것이기 때문이다. 적멸寂滅, 세상의 모든 번뇌를 잊고 소멸하여 사라져 없어져 버리는데 한낱 먼지에 불과한 인간의 온갖 고뇌 따윈 논외의 일이다. '견성암'으로 가든, '적멸암'으로 가든, '날문', 곧 나가는 문은 모두 같은데, 이 길에 접어든 원인은 첫 행의 "윤회의 회전축에서 팅겨져 나간" 이유, 곧 출생했기 때문이라 한다. 시편에 등장하는 산山 명칭은 모두 조어造語다. 길 이름도 모두 조어다. 암자도 모두 조어다. 세금 명칭도 조어다. 조어라도 리얼하다.

안창수 시의 다수 시편은 이처럼 리얼리즘에 입각한 삶의 한 살이 생애를 그린 풍자가 가득하다. 풍자이되 리얼하다. 위의 「회전문」 시편만 봐도 위 시편은 안창수의 혜안과 통찰력에서 빚어진 철학이 녹아든 작품이다. 더욱이 이 시편을 맨 마지막에 배치한 의도는 세상 뭇사람들은 물론 안창수의 시 세계 역시 '회전문'이라는 것이다. 현재 망백에 이른 안창수 시인 앞에 남아있을 10km 잔도棧道의 여정, 앞으로 살아갈 날들을 마쳐도 이 '회전문'에 근거하여 다시 이 세상에 돌아오겠다는 염원이 담긴 배치다. '회전문'이 조어의 프레임 천지 속에서 유유히 돌아가고 유유히 전개되듯이 시인의 삶 역시 내 의지와는 별개로 탄생하고 살아가는 풍자의 여유와 자유로움이 읽힌다.

시인에게 풍자는 비장의 무기가 된다. 풍자는 상처를 주지 않고 상대방을 공격할 수 있는 유일한 망치다. 풍자를 구사하는 한 시인은 그 무엇에, 그 누구에 주눅 들지도 않고 굽히지도 않는다. 할 말은 하고 산다. 써야 할 일은 쓰고 산다. 옆자리 눈치를 살필 일도 없다. 이것이 풍자의 묘미이자 맛이다. 앞 장의 해학에 연이어 지치지 않고 쉴 새 없는 이 풍자의 신세계 제시가 서산시 팔봉산을 고향으로 둔 안창수 시인만의 시 세계의 독특한 변별력이자 시적 특성이라 하겠다.

3. 시의 온기

안창수의 시는 따스함을 품고 있다. 온기다. 전체 시편들이 따스하고 편안하게 읽혀 반듯한 길을 걷는 느낌이다. 시편의 행과 연의 구조 역시 시편에 들어 있는 서사들이 안온하다. 햇살 반짝이는 아침부터 석양에 이른 황혼까지 고정 바르고 정겨우며 매

사 정갈하면서도 진지하다. 저녁답 한 뼘 노을이 지고 어둑해지
는 창문마다 호롱불 켜면 밤하늘에 별들도 반짝이며 온기를 쏟
아낸다. 밖으로 공부하러 나갔던 아이가 귀가하고, 일하러 나갔
던 가장家長이 귀가한다, 굴뚝새도 날개 쉬며 쑥부쟁이에 내린
다. 불빛 아래 도란도란 식구들이 뫼 앉아 얼굴을 맞댈 시간은
가족들이 온기를 나눌 시간이다. 서가에 든 시인은 시의 온기를
보듬는다. 그러나 안타깝게도 온기를 상실한 시편이 여럿 있다.
그 대표적인 하기의 시편, 「봄을 앓다」를 보자.

    떡갈잎이 피면 장끼가 부활의 계절을 울고
    메추리는 바람이 빗질하는 귀리 밭에 알을 낳았다

    누군가는 바람에 흩날리는 꽃잎이 애처로워
    몸 상할 줄 알면서도 술잔을 든다고 읊었지

    봄은 그렇게 여리고 곱상하게 타야 하는 것을
    엘리엇의 4월은 말본새만큼이나 잔인했다

    서너 파수나 지레 온 봄은 하얀 슬픔에 갇히고
    극도의 분노와 절규는 버려진 세월을 짓달리는데
    카인의 후예들은 맹골수도의 와류만을 삿대질했다

    이 땅의 무기력한 어른인 게 부끄러운 나날들
    멎지 않는 통곡의 환청을 끌어안고
    되돌아 고쳐 낼 수 없는 그 봄을 앓고 있는 것이다
            -「봄을 앓다春瘦 - 세월호의 304혼령을 조상하다」 전문

북풍한설 휘몰아치는 한겨울에 이미 봄의 새싹은 눈 틔울 준비를 한다. 예전 어른들은 일 년 중 밤이 가장 길다는 동지冬至 무렵이면 벌써 신춘이란 글을 썼다. 이때부터 낮이 길어지기 시작하여 예전 대궐에서는 신년 달력을 만들어 백관에게 나누어주는 일 년 시작으로 보았다. 봄의 기대는 그만큼 새롭고 신선했다. 그런데도 '봄을 앓는' 무지막지한 일이 벌어졌다. "떡갈잎이 피면 장끼가 부활의 계절을 울고/메추리는 바람이 빗질하는 귀리밭에 알을 낳았다"에서 보듯 정황상 봄이다. 장끼는 수꿩을 말한다. 귀리밭에서 메추리가 알을 낳았다는 문장은 메추리가 둥지를 틀었다는 것이다. '지레'라, 일찍 핀 봄꽃은 일찍 지기도 할 양이었다. "봄은 그렇게 여리고 곱상하게 타야" 했다. 봄을 마중하려는 기다림이 컸기 때문이다. 이 설레는 봄에 대하여 안창 수 시인은 영국 시인 엘리엇의『황무지』시편 첫 행에 나오는, "4월은 가장 잔인한 달"을 인용한다.

잔인하게도 바다에 수장된 세월호 영혼들을 호출하기 위해서다. 시편에 표기된 어느 한 행에서도 누구를 원망하거나 누구에게 책임을 묻는 시구는 없다. 부제에 쓰길, '세월호의 304명의 혼령을 조상하다'라는 표식이 있어 이 시편이 세월호 사건으로 고인이 된 영혼들을 위무하는 시편임을 알 수 있을 정도로 평이하다. 그저 "서너 파수나 지레 온 봄은 하얀 슬픔에 갇히고"로 죽음을 표현한다. '지레 온 봄'이라, 시적 화자는 그해에 유달리 봄이 빨리 왔다고 한다. '슬픔'의 깊이나 정도를 높이려는 의도다.

당시 엄청난 사건이었다. 국민의 충격은 컸다. 선장을 비롯한 선실의 어른 직원들은 선상의 스피커를 통하여 꼼짝 말고 있으라, 는 방송을 내보냈다. 6.25 동란 시, 정부군이 수도 서울을 잘 방어하는 중이니, 시민들은 정부를 믿으라, 방송을 송출하고 대전으로 몰래 도망간 대통령과 동일행위다. '세월호' 배를 맨 먼저 탈출한 건 선장을 비롯한 어른들이었다. 고약한 어른들이었다. 그 후 세상 사람들은 이 사건을 곧 잊었다. "카인의 후예들은 맹골수도의 와류만을 삿대질했다"

어른들이야말로 구약성서에 나오는 인류 최초의 살인자, '카인'에 버금가는 악질이었다. '맹골수도'는 세월호가 침몰한 바다의 물때를 가리킨다. '와류'란 거칠고 사나운 물살을 말한다. 가히 잔인하고 원통한, 잃어버린 봄이었다. 경기도 안산시에 소재한 단원고등학교 학생들이 갑오년(2014) 사월, 봄이 완연해질 무렵, 그렇게 한창때 청소년들이 목숨을 잃었다. 처절했다. 학부모들은 연달아 실신하기 일쑤였다. 위 시편은 여기까지 여전히 담담하게 고백하는 데 중요한 시구는 마지막 종연이다.

"이 땅의 무기력한 어른인 게 부끄러운 나날들/멎지 않는 통곡의 환청을 끌어안고/되돌아 고쳐 낼 수 없는 그 봄을 앓고 있는" 통증의 상황제시다. 시적 화자는 '무기력'을 거명한다. 고혼들을 위무해 줄 마땅한 역할을 못 하고 있다는 자책감의 구절이다. '되돌아 고쳐 낼 수 없는 그 봄을 앓는' 이유는 그래서이다. 민주주의는 개인의 이익을 극대화하고 그를 담보하기 위하여 민주정을 택하여 공동체를 이루는 사회이다. 민주 공동체가 개인의 이익은 고사하고 가장 기본적인 개인의 생명조차 보호해 주지 못한다면 그건 공동체의 가치, 더 나아가 국가 존립의 가치를 훼손한다.

결국 안창수는 이 작품을 통하여 세월호 사건은 부실하고 부정직한 공동체의 피폐한 모습의 결과물이고 이는 모두 어른들의 야비한 민주주의 방기가 몰고 온 까닭이라 진단한다. 그런 까닭에 시적 화자는 이 사건으로 병든 상태, 앓고 있다는 것이다. 병든 상태라는 현실 인식은 다른 말로 환치하면 온기를 잃어버렸다는 것이다. 사람은 온기를 잃으면 병든다. 몸 아프고 앓게 되는 것이다. 하여, 안창수는 함께 살아가는 사람의 온기를 말하고 있다. 인간은 사랑으로 살아가고 기억으로 남는다.

엘리엇이 장시長詩 '황무지'를 발표한 시기(1922)는 제1차 세계대전이 끝난 시점이었으나 황무지의 내용은 세계대전의 처절하고 피폐한 죽음에서 본 '기억과 욕망의 뒤섞임'이었다. 생은, 삶은, 지상은, '황무지'란 것이다. 황무지는 온기가 없다. 세월호도 온기를 잃었다. 「봄을 앓다」의 메시지는 온기의 상실이다. 온기를 상실한 뼈아픈 가슴을 지켜내기 위하여서는 앓아야 한다는 뜻이다. 따라서 '봄을 앓다' 시편은 함께 웃을 수 있는 사람을 지키는 것이란 역설적 인간애의 응시를 기록한 작품이다. 이 밖에 많은 작품에서 정감 어린 온기를 말하고 있지만 특히 하기의 「아직 열일곱」, 「노을에 빗긴 그림자의 집」 시편은 안창수 시에 있어서 도도한 시의 온기가 느껴지는 작품이다.

땅 별은
수십억 풍상을 겪어냈건만
아직도 마음은
열일곱 새색시인 채다

햇살을 품어
곱게 봄 정원을 잉태하거나
가을 동산을 붉게 가꿔 놓고도
날마다 뜨는 해를

민낯으로 맞는 게 저리도 민망해서

안개 너울 쓰고 바잣문을 젖힌다

-「아직 열일곱」 전문

가사문학과 정자문화의 본향이라면

담양을 빼고는 말할 수 없을 것 같다

면앙정, 송강정, 식영정, 서하당, 취가정, 환벽당, 소쇄원 등

이름만 주워섬기기에도 단숨엔 버겁다

그 중에도 유독 오금을 못 쓰게 한 것은

별뫼星山 기슭의 식영정息影亭과 서하당棲霞堂이다

그림자가 쉬는 정자와 노을이 사는 집이라니

신선이 살지 않았다면 필경 헛된 이름인 게다

임억령林億齡과 김성원金成遠은 삼생의 연분으로

사제로는 모자라서 옹서로 다시 만난 인연

사위는 노을이 되고 장인은 그림자가 되어

숲에 이는 바람과 정자에 빗긴 달을 노래했다

정자에도 조선의 선비정신이 배어 있다

간결하면서도 오달지도록 자연 친화적인 정자들

청산은 들일 데 없으니 둘러두고 보리라 던

면앙정俛仰亭의 시구처럼 차경借景으로 족했다

삶의 찌꺼기나 어둠조차 붙좇을 수 없는
식영과 서하의 이상세계에 노닐기를 원했던
두 선비는 저승에서 세 번째 인연을 얻어
천상재회를 하고 시재詩才를 번득일지 궁금하다
-「노을에 빗긴 그림자의 집」 전문

'땅 별'은 지구의 은유다. '수십억 풍상'은 지구의 연륜이다. 인간 백 년에 비하면 무한대 시간의 축적이다. 그런데도 태연하게 "아직도 마음은/열일곱 새색시인 채다"라고 정의한다. 첫 출발선상이다. "곱게 봄 정원을 잉태하거나/가을 동산을 붉게 가꿔"가는 일쯤이야 출발선상이기에 여반장이다. 나이가 아직 열일곱이다. 게다가 '새색시'다. 처녀가 아닌 새색시, 갓 결혼한 여인이다. 두근거림과 설렘의 홍조가 가시질 않음을 나타내는 시어로 지구는 해맑은 새색시다. 이팔청춘도 안되는 열일곱 새색시는 여리디여린 아이에 지나지 않는 풋풋함으로 넘친다. 하도 풋풋한 탓으로 '날마다 뜨는 해'를 쳐다보기 민망하다고 한다. 안개 내린 정황을 표시하는, 자욱하게 안개 낀 정황을 알려주는 시구, "안개 너울 쓰고 바잣문을 젖힌다"라는 이 시편의 주요 시구다.

아침 안개의 형상화에 있어 이만한 비유를 찾아보기 힘들다. '바잣문'을 젖히고 여닫는 집이니 새색시 집은 가난하다. 그러나 수숫대나 싸리로 만든 사립문으로 출입하는 데다가 '안개 너울' 쓰고 출입하였으니 이만한 은은한 정취와 흥거움이 어디 또 있으랴. 온갖 불법적 범죄 행위와 심각한 생태계 오염으로 '땅 별'은 비명에 가까운 신음을 내지만 '아직 열일곱' 나이의 '땅 별'이다. 문제점이 있을지라도 아직 '열일곱' 새색시이므로 능히 설렘을 견지하며 능히 꿈꿀 수 있다는 긍정이다.

한편, 조선 선비의 서사가 담긴 안창수의 「노을에 빗긴 그림자의 집」 시편은 한 편의 소설을 읽거나 논문을 읽는 듯한 감흥을 불러일으키는 선비의 노래다. 시행마다 전라남도 담양군에 있는 문화유물 유적에 대한 인연과 절경에 천착하는 안창수의 깊은 성찰이 담겨있다. 제2연에 나오는 "면앙정, 송강정, 식영정, 서하당, 취가정, 환벽당, 소쇄원"을 거명하면서, "별뫼星山 기슭의 식영정息影亭과 서하당棲霞堂이다/그림자가 쉬는 정자와 노을이 사는 집"이라는 정자에 매료된다.

석영정과 서하당의 두 주인공인, "임억령林億齡과 김성원金成遠은 삼생의 연분으로/사제로는 모자라서 옹서로 다시 만난 인연"을 쓴다. 옹서지간翁婿之間이니 장인과 사위 사이다. 원래 스승과 제자 사이였다가 옹서 간이 된 것이라 한다. 놀랍다. 담양의 선비문화 전부를 담박 전부 풀어 쓴 것이다. 이에 그치지 않고 두 선비의 사후 세계를 쓴, "두 선비는 저승에서 세 번째 인연을 얻어/천상재회를 하고 시재詩才를 번득일지 궁금하다"라는 기발한 상상력에 기대어 문을 닫는다.

그러면서 닫히는 문소리와 함께 이승에서 만나 사제와 옹서지간의 인연을 쌓은 것에 그치지 않고 저승에서도 시재를 수수하려나 하는 상상은 따스한 온기를 느끼기 족하다. 여기에 '송순'의 면앙정에 대한 언급, "간결하면서도 오달지도록 자연 친화적인 정자들/청산은 들일 데 없으니 둘러두고 보리라 던/면앙정俛仰亭의 시구처럼 차경借景으로 족했다"는 차치하더라도, 이 시편이 보여주는 안창수 시인의 시세계에 있어서 느낌으로 다가오는 시의 온기야말로 해학과 풍자로 점철된 시어 구사를 능수능란하게 하는 안창수 시인이 가진 또 하나의 독자적인 변별력이라 할 수 있을 것이다.

4. 결어

이상으로 살펴본 바와 같이 안창수의 이번 시집, 『밤의 신들에게』는 소소한 일상의 서정과 회한에서부터 거대한 정치 경제 사회를 해부하는 담론적 서사에 이르기까지 한줄기 여일한 빛살이 존재하는데 그것은 생기生氣이다. 안창수는 시를 통하여서, 시를 쓰는 펜을 통하여서, 시를 완성 시키는 과정을 통하여서, 삶이라는 과정을 잘 주조해 내려는 질료로 무한한 생기를 바탕에 깔아 놓음을 알 수 있다.

무릇, 시詩의 생기다. 생기는, 신神이라는 생명의 움직임이 눈에 안 보이고 만질 수도 없지만 눈에 보이는 형체를 형성하게 하는 우주의 에너지이다. 송나라 주돈이와 동시대의 사람 소옹邵雍은 이 에너지가 뭉쳐서 물질로 변화하는데 이 에너지를 기氣로 보았다. 기氣는 생명의 움직임인 신의 집이면서 형체의 집(氣者神之宅也 體者氣之宅也)이라 본 것이다. 생명이 움직이면서 기는 형체를 만든다. 오직 기氣만이 형체를 만드는 것이다. 이것이 망백望百을 지나는 노시인 안창수의 집요하고도 끈질긴 시 창작과 시 세계를 형성케 한 창작의 원동력이다. 그리하여 안창수의 끈질긴 시의 여정, 삶의 여정은 포기가 없는 '그래도'를 눈 들어 바라보길 그치질 않는 특성을 갖는다. 망백이라 힘들었고 아득하였을 '젊은 날의 격랑' 쯤이야 '그래도'가 있는 한 작은 에피소드에 지나지 않는다. '그래도' 시편을 읽으면서 이 글의 대지를 마무리한다.

텐산산맥 넘던 혜초의 길 아니라도
앞길 가늠할 수 없이 길어서 길인 게다

미리내 쪼개는 기러기 길 4만 킬로라지만
굽이굽이 아흔 넘어 고갯길 모두 이으면
줄잡아 그만 여정은 넉넉하리라

엊그제 담장 밖 감꽃이 지는가 싶더니
어느새 겨울 철새가 새벽달을 깨운다
은하계에 깜박이는 저 숱한 좀생이들
그중에 이름 없는 별 하나쯤
내 것이라 한들 누가 시비를 걸랴

젊은 날은 격랑에 닻을 잃은 삶이었다
원망도 설움도 추억의 무덤에 묻어두고
어딘가 남아있을 '그래도'에 표착하여
고달팠던 길손의 늘그막 점을 찍고 싶다

—「그래도에 거는 꿈」 전문

　사족이지만 이 시집은 한 번 읽고 서가에 꽂아둘 시집이 아니다. 만나보기 어려운 보배로운 시집이다. 동서양의 무수한 귀신들 이름이 거명되어 호젓하게 살아가는 시집, 웃음과 풍자가 오솔길을 낸 시집, 친근함과 정겨움이 반듯하게 일가를 이루며 도란거리는 시집, 그윽한 평안과 기쁨을 무상으로 선물하는 시집, 살아서 활발하게 움직이는 생기가 생솔가지 연기처럼 툭툭 터져 피어오르는 시집, '엉거주춤'을 위대한 춤으로 승격시키고 '그래도'를 영원히 굽히지 않는 삶의 도전과 응시로 안착시키는 이 놀라운 시집을 어떻게 서가의 시렁에만 꽂아두겠는가.

안창수 시편에 다소 시에의 설명을 곁들였으되 상투적이지 않은 시편들을 살피면 결론적으로 이 시집에서 보여준 안창수의 시세계는 혼돈, 혼란, 광기, 광폭의 디오니소스적 형태를 갈무리하여 미적인 아폴론적 세계관이 담긴, 해학과 풍자가 빚어낸 팔봉산의 생기라 할 것이다. 그리하여 이 생기야말로 서산과 충남, 더 나아가 한국을 비추는 신령하고 신명 넘치는 안창수 시인의 시세계이자 한국시의 보고寶庫라 할 것이다.